Stille Liebe

Holger Niederhausen

Stille Liebe

Das Menschenwesen hat eine tiefe Sehnsucht nach dem Schönen, Wahren und Guten. Diese kann von vielem anderen verschüttet worden sein, aber sie ist da. Und seine andere Sehnsucht ist, auch die eigene Seele zu einer Trägerin dessen zu entwickeln, wonach sich das Menschenwesen so sehnt.

Diese zweifache Sehnsucht wollen meine Bücher berühren, wieder bewusst machen, und dazu beitragen, dass sie stark und lebendig werden kann. Was die Seele empfindet und wirklich erstrebt, das ist ihr Wesen. Der Mensch kann ihr Wesen in etwas unendlich Schönes verwandeln, wenn er beginnt, seiner tiefsten Sehnsucht wahrhaftig zu folgen...

1. Auflage Juli 2018

© Holger Niederhausen · Alle Rechte vorbehalten
Umschlagabbildung: Shutterstock / ayelet-keshet, verändert.
Herstellung und Verlag:
BoD – Books on Demand, Norderstedt
ISBN 978-3-7528-4296-8

„**D**avid! Kommst du mal?"

Etwas widerwillig folgte er dem Ruf seiner Mutter ins Wohnzimmer. Sie stand auf einer Leiter am Fenster. „Gibst du mir bitte die Vorhänge hoch?" Wortlos griff er sich einen der beiden Vorhänge, die am Boden lagen, und reichte ihn seiner Mutter. Sie musste wieder eine Stufe hinuntersteigen, und es sah etwas anstrengend aus. „Danke."

Er hasste sich. Er hätte sich selbst mehr strecken können, damit sie es einfacher gehabt hätte. Gleichzeitig aber hasste er auch diese Hilfsarbeiten. Wozu brauchte man überhaupt Vorhänge? Und wozu mussten sie überhaupt gewaschen werden. Die, die bis gestern noch gehangen hatten, waren doch sauber gewesen. Für ihn waren dies alles spießige, sinnlose Tätigkeiten. Er hatte mit ihnen nicht das Geringste zu tun. Dennoch musste er diese kleinen Sklavendienste leisten. Dinge, bei denen er sich immer vorkam wie ein kleiner Junge – nicht wie ein fünfzehnjähriger Zehntklässler.

Nun musste er auch noch warten, bis seine Mutter Haken für Haken an der gespannten Metallschnur befestigt hatte, und dieses Warten, bis jemand anders mit seiner Arbeit fertig war, hasste er noch viel mehr, am allermeisten. Man stand dann dumm rum – und hatte doch dazubleiben. Dass die Erwachsenen nicht begriffen, wie dumm und demütigend das war!

Seine Mutter trug die Leiter zum anderen Fenster. Er wusste, dass auch er dies hätte tun können. Stattdessen schaute er ihr bei der Arbeit zu – ihr, die längst einen halben Kopf kleiner war als er und bei der es immer nicht leicht aussah. Er hasste sich wiederum – und hasste zugleich diese Wahl, bei der er nur verlieren konnte. Wenn er die Leiter für sie getragen hätte, wäre er sich *genauso* dumm vorgekommen. Dummer

7

Handlanger, so oder so. Er hatte gewusst, dass seine Mutter irgendwo innerlich gehofft hatte, er würde die Leiter verrücken. Und auch das hasste er – diese klare Erwartung, die nicht mal eine war! Er *konnte* nur verlieren. Er war immer der Dumme. Und deswegen waren diese Handlangerarbeiten so furchtbar.

Widerwillig hob er die zweite Gardine auf und reichte sie seiner Mutter hoch. Sie hatte sie bereits vor das andere Fenster gelegt. Etwa, damit er weniger laufen musste? Oder weil sie einfach praktisch dachte? Wie auch immer, er schämte sich seiner eigenen Abneigung. Dennoch konnte er sie nicht abstellen. Handlangerdienste waren Handlangerdienste. Während seine Mutter nun auch diese Haken befestigte, murmelte er:

„Brauchst du mich noch?"

„Nein, David, danke..."

Er zog sich in sein Zimmer zurück und setzte sich wieder an die Mathe-Hausaufgaben. Danach schaute er sich ein paar Youtube-Videos an. Als er hiermit genug Zeit vertrödelt hatte, ging er noch auf sein Facebook-Account und klickte sich durch ein paar Links, die seine ‚Freunde' geteilt hatten. Er kannte eigentlich niemanden davon. Als er es vor einigen Monaten für sich eingerichtet hatte, hatte er ziemlich wahllos ein paar ‚Freunde' gesucht, und jetzt hatte er eine Liste von knapp zwanzig. Drei Viertel davon waren Frauen oder Mädchen, deren Profilbild er hübsch fand. Er war mächtig stolz gewesen, dass sie seine Freundschaftsanfragen akzeptiert hatten, bis er begriff, dass es normalerweise einfach so lief und dass das nichts Besonderes war.

Ein Mädchen, das sich Lisa nannte und wahrscheinlich auch so hieß, verlinkte ständig Artikel und Videos über vegane und vegetarische Ernährung. Er nahm kurz Notiz von ihren neuesten Artikeln und klickte dann nach wenigen Sekunden weiter. Ein anderes Mädchen hatte Fotos von seinem letzten

Wochenende gepostet. Offenbar war es im Elbsandsteingebirge unterwegs gewesen. Man sah ihr lächelndes Gesicht oder ihre Gestalt vor immer anderen Felsformationen. Er wusste nicht mal, wo das Elbsandsteingebirge lag. Irgendwo an der Elbe natürlich, aber wo die nun genau verlief, wusste er ebensowenig. Es konnte überall zwischen Nordsee und Griechenland sein. Das Einzige, was ihn interessierte, war ihr süßes Gesicht. Aber gut, über Facebook würde er eh nie jemanden kennenlernen. Sonst allerdings auch nicht.

Ein Mann, dessen Startseite er am Anfang cool gefunden hatte, hatte ebenfalls Fotos vom Wochenende gepostet. Er hatte seine Freundin im Arm, beide grinsten in die Kamera. Auch er hatte eine schöne Freundin. Und auch er unternahm am Wochenende etwas. Deprimiert klickte er weiter. Die nächste junge Frau hatte ein Foto von ihrer Katze gepostet. Sie schlief in einem Korb. Darunter stand: ,Maschas Wochenende'. Das war einfallslos. Er ertappte sich bei dem Gedanken, dass es schöner gewesen wäre, wenn sie ein Foto von sich liegend in einem Kuschelkorb gepostet hätte. Sinnlos klickte er noch weiter in Accounts hinein, die er gar nicht kannte. Und erst nach einer halben Stunde konnte er endlich aufhören. Er hasste auch dieses Gefühl: das Gefühl, das sich im Innern einstellte, wenn man sinnlos Zeit verplempert hatte.

Er hätte jetzt noch ein halbes Blatt Englischvokabeln zu lernen. Aber völlig lustlos verschob er dies auf den späteren Abend. Stattdessen zog er sich um, zog dann im Flur seine Schuhe an und warf seinen Eltern – sein Vater war ebenfalls vor ein paar Minuten nach Hause gekommen – einen kurzen Satz zu und war draußen.
Dort setzte er sich langsam in Bewegung. Es nieselte leicht, aber das war ihm egal – solange es nicht stärker wurde.

Laufen war eines der wenigen Dinge, die er gern machte. Andere nannten es „Joggen'. Er verachtete dieses Wort. Für ihn klang das immer wie eine Anti-Aging-Therapie für über Fünfzigjährige oder eine zweite Freizeitbeschäftigung von Yoga-Freaks.

Er lief dreimal pro Woche, manchmal auch viermal. Meistens eine Dreiviertelstunde, mindestens einmal aber auch länger, eine ganze Stunde, siebzig Minuten. Er wusste nicht, warum er das machte – es gefiel ihm einfach. Er hatte irgendwann mal einen Ausschnitt von einem Marathonlauf im Fernsehen gesehen. Die Vorstellung, über vierzig Kilometer zu laufen, hatte ihm imponiert, und die Tatsache, dass man einfach nur loslaufen musste, hatte ihm gefallen. So hatte er es einfach ausprobiert und nach einer Durststrecke von zwei Wochen tatsächlich Gefallen daran gefunden. Es war etwas geworden, was er für sich hatte und worauf er in gewisser Weise stolz war, denn das konnte nicht jeder, eine Stunde einfach so laufen. Er hatte sogar kurzzeitig einmal daran gedacht, in einen Verein einzutreten – aber dann war ihm dieser Gedanke doch zu anstrengend gewesen. Außerdem ertrug er den anderen Gedanken nicht, dass es Leute geben konnte, ja geben würde, die darin wieder besser wären als er, deutlich besser.

Jetzt lief er allein durch den Nieselregen seine bekannte Strecke. Er hatte drei, vier private Strecken, ‚seine' Strecken. Meistens lief er eine von zwei großen Runden, die er sich irgendwann mal erprobt hatte. Selten versuchte er, seine eigene Zeit zu verbessern oder zu schlagen, es reichte ihm, das Gefühl zu haben, leidlich schnell gewesen zu sein. Er wusste nicht einmal genau, welcher Schnitt es war. Irgendwann hatte er eine Strecke mit dem Rad mal nachgemessen und dann den Schnitt ausgerechnet. Das war ziemlich am Anfang. Damals waren es ziemlich genau fünf Minuten pro Kilometer gewesen, grob gerechnet. Jetzt war er schneller, aber wie schnell genau, wusste er nicht. Er hatte die genaue Streckenlänge und die damalige Zeit wieder vergessen, und es war ihm egal.

Er lief bei Nieselregen sogar ganz gern. Dann hatte man noch mehr das Gefühl, wirklich ,was draufzuhaben', denn alle anderen vermieden den Regen – und man selbst war draußen, und er störte einen nicht. Verschwitzt war man ja hinterher sowieso, also was sollte es? Er lief mit einer leisen Verachtung an einem alten Ehepaar vorbei, das sich eingehakt unter einem Schirm durch diesen läppischen Nieselregen bewegte...

Als er wieder zuhause war, duschte er. Unter der Dusche befriedigte er sich selbst. Das tat er fast immer. Nach dem Laufen war der ganze Körper anders durchblutet und angeregt. Man konnte sich dagegen immer wieder nicht wehren. Dann war man auf einmal dabei, fing einfach irgendwie an ... und dann war es wieder soweit. Hinterher hasste er sich auch dafür. Dafür, dass er ohne nicht auskam. Dafür dass er das machte. Dafür, dass er es nicht mal unter Kontrolle hatte, *ob* er es tun wollte oder nicht. Jedes Mal, wenn er das Sperma in den Abfluss fließen sah, fühlte er seine Niederlage, fühlte er sich irgendwie ,schmutzig'. Er wusste nicht, was die anderen Jungen so machten. Wahrscheinlich tat es fast jeder. Aber das änderte nichts an dem Gefühl. Gar nichts. Allmählich wurde es normaler – aber selbst das hasste er wieder, das sogar noch mehr.

Er setzte sich an seinen Schreibtisch und holte das Blatt mit den Englischvokabeln hervor. Irgendwann kam noch ein wenig Sperma – das war immer eine Viertelstunde oder so danach. Auch das war wieder leise lustvoll und beschämend zugleich. Vor dem Zähneputzen fühlte er dann manchmal dorthin, dann war alles wieder so gleitend – und dann tat er es manchmal nochmal. Das waren die allerschlimmsten Niederlagen...

„Und, was hast du am Wochenende so gemacht?"
„Nichts. Bisschen gelaufen. Bisschen gelesen."
„Immer noch dieses Fantasy-Zeug?"
„Ja. Stell dir vor."
Er hatte sich vor kurzem einen Roman gekauft, dessen Cover ihn angesprochen hatte, weil dort das halbe Gesicht von zwei attraktiven Mädchen abgebildet war. Eigentlich war es wohl eher ein Roman für Mädchen in seinem Alter, aber das war ihm egal, wenn er es nur niemandem auf die Nase binden musste. Am liebsten hätte er es vor jedem verheimlicht, aber er konnte Simon ja nicht *alles* verheimlichen. Also musste er wohl oder übel damit leben, dass sein einziger Freund wusste, was er gerade las.
„Aha."
„Und du?", fragte er unbefriedigt, „was hast du so gemacht?"
„Na ja, YouTube und so."
„Aha."
„Weißt du, was eine ,Titten-Challenge' ist?"
„Nein."
Er hasste es, dass sein Freund fortwährend diese Themen aufbrachte und sich offenbar ebenso ausgedehnt damit beschäftigte. Im Grunde hasste er sogar ihn – und seine eigene Unfähigkeit, mit ihm Schluss zu machen. Dann hätte er zwar niemanden mehr gehabt, aber so verachtete er sich eigentlich nur noch mehr.
„Da versuchen Frauen, sich Dinge zwischen die Titten zu klemmen und sie dort zu halten."
„Und was für *Dinge*?", fragte er.
„Na, so Coladosen und so."
Er hasste sich sogar dafür, dass er nachgefragt hatte, auch wenn es genervt gewesen war. Er hasste seinen Freund, weil er nicht mal sein Genervtsein bemerkte. Und er hasste sich, dass er genervt war – und es dennoch nicht offen zugeben konnte. Er hasste das Wort Titten. Er hasste das Thema.

13

„Krass, oder?"

Er hasste es, dass sein Freund nicht einmal sein Schweigen deuten konnte, sondern die Unterhaltung einfach fortführte.

„Ja, echt krass."

„Und manche halten *unter* den Titten Stifte oder Sonnencremetuben oder was weiß ich alles."

Er hasste es, dass sein Freund nicht mal seine Ironie verstand, wenn er antwortete.

„Sag mal, warum guckst du dir diesen Scheiß eigentlich fortwährend an?"

Jetzt war es ihm also doch herausgerutscht. Simon, der eher so klein war wie seine Mutter und dazu deutlich übergewichtig, sah erstaunt zu ihm hinauf.

„Wieso Scheiß? Du guckst doch auch YouToube. Und vor nicht mal zwei Monaten wolltest du sogar den Namen von dem Pornokanal wissen!"

„Ja, aber das heißt nicht, dass ich mir das danach auch angekuckt habe!"

Simon sah ihn spöttisch an.

„Ja! Alles klar! Nein, du wolltest natürlich nur den Namen wissen. Rein aus Interesse..."

Er wünschte sich das Ende der Pause herbei. Gut, er hatte zwei- oder dreimal ein wenig dort hineingeschaut. Dann hatte er gewusst, was Pornos sind, und er hatte angeekelt damit aufgehört. Es übte eine enorme Faszination aus, aber es war absolut ekelhaft. Er konnte nicht begreifen, wie *das* zu den Wochenendbeschäftigungen seines Freundes auch nur dazugehören konnte.

„Gib doch zu", setzte Simon nach, „dass du *auch* alles Mögliche guckst!"

„Nein, tue ich nicht!"

„Also du wolltest es wirklich nur einfach so mal wissen, ja?", fragte sein Freund spöttisch.

„Nein, ich habe es mir ein-, zweimal angeschaut."

„Na, siehst du – immerhin."
„Ja – das hat mir gereicht."
„Und sonst? Was guckst du sonst?"
„Nichts!"
„Wie ‚nichts'?"
„Verstehst du kein Deutsch? Nichts heißt nichts!"
„Keine Titten und so? Keine Frauen? Keine Mädchen?"
„Nein, nichts."
„Das kannst du mir nicht erzählen. Irgendwas guckt doch *jeder*!"
„Ich aber nicht."
„Du bist ein Lügner. Ein Feigling."
„Bin ich nicht."
„Bist du wohl."
„Bin ich nicht."
„Doch, natürlich."

„Ich brauche dir nicht zu erzählen, was ich gucke."
„Also guckst du *doch* was."
Er suchte manchmal Bilder von schönen Frauen und Mädchen. Meistens ging es ihm nur um die Schönheit. Manchmal suchte er auch Bilder *nackter* Frauen und Mädchen. Es zog ihn einfach an. Aber es war mit dem, was Simon machte, absolut nicht vergleichbar. Und er wollte es auch nicht zugeben, weil Simon es gleichsetzen *würde*.
„Es geht dich nichts an."
„Feigling. Du guckst genau dasselbe."
„Tue ich nicht."
„Tust du doch."
„Tue ich *nicht*!"
„Tust du doch. Du bist nur zu feige, es zuzugeben."
„Nein, ich tue es nicht. Ich gucke *nicht* dasselbe wie du."
Simon baute sich vor ihm auf.
„Dann *sag* doch, was du guckst!"
„Warum sollte ich es dir sagen?"

„Damit ich dich nicht einfach nur für einen Feigling halte."
„Du kannst mich doch halten, wofür du willst."
„Das ist dir egal?"
„Ja."
„Dass du dasselbe guckst – *und* ich dich zusätzlich noch für einen Feigling halte?"
„*Ich gucke nicht dasselbe!* "

Simon stieß die Luft hörbar zwischen seinen Lippen aus.
„Dann versteh ich nicht, was du für einen Aufstand machst. *Sag* doch einfach, was du guckst!"
„Das kann *dir* doch egal sein."
„Nö, ich will's aber wissen."
„Du sollst es gar nicht wissen wollen."
„Will ich aber."
Ihm riss der Geduldsfaden – und er wollte endlich seine Ruhe haben.
„Na *gut*", sagte er entnervt. „Dann erzähl ich's dir halt! Ab und zu suche ich *auch* Bilder von Frauen. Bist du *nun* zufrieden?"
„Nur Bilder oder auch Videos?"
„Nur *Bilder!*"
„Nacktbilder?"
„Nein!"
„Wie ‚nein'? Das kannst du deiner Großmutter erzählen!"
„Na gut, *manchmal* auch Nacktbilder!"
„Manchmal!", wiederholte Simon spöttisch.
„Ja, manchmal!", sagte er betont. „Nur manch-mal", fügte er, jede Silbe betonend, noch einmal hinzu.
„Okay", erwiderte Simon beruhigend. „Ist ja gut. Also der Unschuldsengel, ja?"
„Was ist dein Problem, Simon? Was willst du von mir? Ist jetzt irgendwas ein Problem daran?"
„Nein. Ich mein nur. Ich versteh nur *dein* Problem nicht. Was ist daran so ein *Problem*, dass du es nicht hinkriegst, zuzu-

geben, dass du ‚manchmal'", er betonte das Wort bis zum Geht-nicht-mehr, „Nacktbilder von Frauen anguckst?"

„Ich will einfach nicht darüber *reden*. Das ist alles!"

„Und was ist so schlimm daran, darüber zu reden?"

„Ich will es einfach nicht. Kannst du das nicht akzeptieren?"

„Doch – kann ich natürlich. Ich verstehe nur nicht, was daran so *schlimm* ist."

„Es ist nicht ‚schlimm'!", wiederholte er betont. „Ich *will* es nur einfach nicht. Klar?"

„Dann ist es offenbar doch schlimm."

„Du *verstehst* es einfach nicht!"

„Nein – das sage ich ja."

„Dann lass es einfach!"

„Tja –", in diesem Moment unterbrach die Schulklingel ihre Unterhaltung. „Bleibt mir ja wohl nichts anderes übrig."

Erleichtert ging er mit Simon in Richtung Schulgebäude zurück. Und er hoffte, dass dieses Thema damit ein für allemal erledigt war.

*

Am Abend, als er gemeinsam mit seinen Eltern beim Abendessen war, fragte ihn seine Mutter, was sie gerade so in der Schule machten. Das tat sie alle paar Wochen. Zwischendurch versuchte sie, mit eigenen Erzählungen ein Gespräch am Laufen zu halten. Er hatte einmal vorsichtig versucht, zu fragen, ob sie noch immer zusammen essen mussten – aber seine Mutter hatte darauf bestanden. ‚Sonst haben wir ja *gar* nichts mehr von dir', hatte sie damals gesagt. Also hörte er sich ihre Versuche höflich an, gab Antwort, wenn er etwas gefragt wurde, fand es aber immer eher unangenehm, noch mit seinen Eltern zu essen. Sein Vater war nicht viel gesprächiger als er – nur wenn es um bloße Dialoge mit seiner Frau ging, war es anders. Das war ihm am liebsten – wenn seine

Eltern sich unterhielten und er das Gefühl haben konnte, dass sie ihn gar nicht mehr beachteten. Nun aber war er nach der Schule gefragt worden, wie ein Viert- oder vielleicht noch Sechstklässler. Und sichtlich genervt betete er herunter:

„In Mathe lineare Gleichungen, in Deutsch Kurzgeschichten, in Chemie Säure-Basen, in Physik gleichförmige und beschleunigte Bewegung, in Biologie Mitose und Meiose und so weiter. Willst du auch wissen, was wir in Musik, Englisch und Geschichte machen?"

„Nein", sagte seine Mutter halbwegs entsetzt. „Was ist denn das Problem, wenn ich so etwas frage?"

Er erinnerte sich an die Pausenunterhaltung von heute Vormittag. Schon wieder gab es ein ‚Problem', das er hatte.

„Mein Problem ist einfach, dass ich darüber nicht reden will. Es reicht doch, wenn ich in die Schule *gehen* muss. Muss ich jetzt auch noch darüber berichten?"

„Nein!", erwiderte seine Mutter abwehrend. „Aber es ist doch schön, wenn man sich gegenseitig ein bisschen an seinem Leben Anteil haben lässt..."

„Ja, aber das *machen* Fünfzehnjährige nun einmal nicht mehr wirklich."

„Ja, aber vielleicht ist *das* gerade das Problem", versuchte seine Mutter, zu beharren. „Sie *könnten* es doch machen."

„Nein, könnten sie nicht. Das ist einfach ... absolut uncool."

„Uncool", wiederholte seine Mutter. „Wieso ist das uncool?"

„Mann, Mama", er hasste sogar das Wort ‚Mama', aber er hatte kein anderes. „Es *ist* uncool. Man macht das nicht. *Niemand* macht das!"

„Niemand? Woher weißt du das?"

Das waren die typischen Mutter-Fragen. Absolut typisch. Natürlich wusste man es nicht. Aber wenn man es nachprüfen würde, wäre es so.

„Es ist so. Frag jede Familie. Niemand redet zuhause über die Schule."

„Ich wette, das tun sehr wohl einige. Die Mädchen sicher noch eher als die Jungen. Aber manche Jungen haben damit sicher auch kein Problem."

Schon wieder das Problem.

„Ich *habe* es aber", sagte er betont. „Und ein *Mädchen* bin ich ja nicht – oder?"

„Nein. Aber ein lieber Junge. Einer, der nicht unbedingt ein Problem damit haben *müsste*."

„Nein – ich bin *kein* lieber Junge", verbesserte er betont. „Ich muss hier nur sitzen, weil du es wolltest. Weißt du noch?"

Nun war seine Mutter wirklich entsetzt.

„Also –", brachte sie hervor, „*so* schlimm ist es...?"

„Nein...", gestand er widerwillig ein, weil er sie in diesem Moment nicht derart verletzen wollte, obwohl es eigentlich doch mehr oder weniger stimmte. „Aber wenn du mich so in die Enge treibst..."

„Also gut, dann ... frage ich nicht mehr nach der Schule. Bitte entschuldige..."

Nun tat ihm seine Mutter wirklich leid.

„Das *kannst* du ja... Manchmal... Aber nicht alle zehn bis zwölf Tage. Als könnte man eine Uhr danach stellen."

Er sah die Verletzung seiner Mutter noch immer – oder wieder eine neue.

„Ja, ist gut...", sagte sie.

Von seinem Vater erntete er nur einen bösen Blick – den er auch nicht gut vertragen konnte.

Sie aßen eine Weile schweigsam. Dann sagte seine Mutter zögernd:

„Über ... *Freundinnen* und so darf man dann wahrscheinlich auch nicht sprechen, oder?"

„Nein."

Wieder Schweigen. Was sollte *das* jetzt?
Schließlich setzte seine Mutter wieder an und sagte:
„Na ja ... ich wollte nur sagen ... also nicht, dass du mich wieder falsch verstehst. Ich wollte es einfach nur sagen ... also mal gesagt haben...“
„Ja“, sagte er halb genervt, halb beschämt. „*Was* denn?“
„Na ja, also dass *wir*, in diesem Alter, also mit fünfzehn oder sechzehn oder vielleicht auch siebzehn, aber heute ist ja eh alles früher, also dass wir da zum Beispiel mal einen Tanzkurs oder so gemacht haben.“
„Einen Tanzkurs?“, wiederholte er in betontem Spott.
„Ja, einen Tanzkurs. Das brauchst du doch gar nicht so lächerlich zu machen. Das machen bestimmt auch heute noch mehrere Jugendliche in deinem Alter. Da lernt man andere Leute kennen. Gleichaltrige eben. Oder überhaupt. Das ist was Tolles. Es macht Spaß.“
„*Dir* vielleicht.“
„Dein Vater hat so was auch gemacht.“
„Ja, aber ihr seid dreißig Jahre älter. Das war *früher* vielleicht so.“
„Nein – Tanzkurse kommen nicht aus der Mode. Ich glaube, sie sind noch immer ziemlich beliebt. Auch bei Jugendlichen in deinem Alter.“
„Ja, aber nicht bei *mir*. Ich mache so was nicht!“
„Gut, gut – ist ja gut, David. Ich wollte es ja auch nur mal erwähnt haben.“
„Dafür hat es aber ziemlich *lange* gedauert.“
„Ja, ich hör ja schon auf.“
„Danke.“

Der Rest des Essens verlief ziemlich schweigsam. Er schämte sich auch, dass er das Ganze so rabiat unterbunden hatte – aber er hätte nicht gewusst, wie er sich sonst dagegen hätte wehren sollen. Tanzen war absolut nichts für ihn. Schon der *Gedanke* daran war peinlich!

Nach dem Abendessen quälte er sich noch durch eine völlig übertriebene Mathematikhausaufgabe, die aus eineinhalb ganzen Seiten im Aufgabenbuch bestand. Wenn jeder Lehrer erwartete, dass man für sein Fach eine Stunde arbeitete, hätte man nicht mal mehr Schlaf...

Er belohnte sich nach dieser völlig unverhältnismäßigen Tortur mit der Suche nach Bildern schöner weiblicher Wesen – und landete früher oder später wieder bei der Suche nach Nacktbildern. Und dann befriedigte er sich vor dem Zähneputzen in seinem Zimmer selbst... Im Bett hasste er sich dann wieder. Warum nahm es immer diesen Verlauf?

„Gehst du am Wochenende zu Martins Fete?"
Er spazierte wieder neben Simon über den Schulhof.
„Nein. Weiß ich nicht."
„Wieso denn nicht? Was hast du denn vor?"
„Nichts."
„Ja, dann komm doch mit. Wir können doch zusammen hingehen."
„Weiß nicht. Keine Lust."
„Keine Lust? Hey – warst du schon mal auf 'ner Fete? Bei Thomas vor zwei Monaten warst du auch nicht."
„Na und? War's da so toll?"
„Ja, schon. Die Musik war cool. Und die Stimmung auch. Viele Mädchen...", grinste Simon.
„Ach. Und du hast dich wahrscheinlich mit allen unterhalten, oder?"
„Nö, aber mit zweien schon."
„Echt? Und sie sich auch mit dir?"
„Blödmann. Natürlich!"
„Und wie lange?"
„Was heißt wie lange? Mindestens zehn Minuten."
„Oh, wow..."

„Das müsstest du erstmal *hinkriegen!*"
Natürlich. Damit hatte Simon den Spieß umgedreht.
„Richtig. Deswegen gehe ich ja auch nicht hin."
„Mann, David, aber da könntest du es *üben.* Bei so was. Dafür sind doch Feten da! Ich verstehe nicht, warum du so eine Chance nicht nutzt."
„Zum Üben!", wiederholte er spöttisch.
„Ja, genau."
„Und du hast ... an diesen zwei Mädchen auch *geübt...*"
„Ja – wenn du es so nennen willst. Ich hab mit ihnen einfach *geredet.*"
„Mit wem denn?"

„Die eine kennst du sowieso nicht. War von einer ganz anderen Schule. Und dann noch mit Antje."

„Mit Antje? Aus der 10b?"

„Wir haben nur eine Antje."

„Jetzt mal ehrlich, Simon. Wieso hat Antje denn mit *dir* geredet?"

Antje war eines der attraktivsten Mädchen an der Schule. Sie hätte gut auch als Elftklässlerin durchgehen können. Sie hatte lange blonde Haare – und einen Freund *in* der Elften.

„Ja, da staunst du, was? Mädchen können auch mit einem *reden*, wenn man sie anspricht."

„Und warum hast du sie angesprochen? War sie nicht mit ihrem Freund da?"

„Nein – er war nicht da."

„Und dann hast du die Chance genutzt! Verarsch mich doch nicht. Das hättest du mir doch gleich nach der Fete schon auf die Nase gebunden."

„Weißt du nicht mehr? Danach war ich gleich fast zwei Wochen krank."

„Ach ja, stimmt. Und weswegen?"

„Keine Ahnung. Zufall."

„Oder wegen Liebeskummer?"

„Ha, ha..."

„Ich verstehe immer noch nicht, warum Antje mit dir gesprochen hat!"

„Na gut, es gab ein paar Drinks..."

„Alkohol!"

„Ja, Mann, na und? Auf einmal hat man halt Spaß..."

„Und was ist mit Martins Eltern gewesen?"

„Du weißt doch – dass er schon Filme ab achtzehn gucken darf. Also warum nicht auch mal Alkohol?"

„Wahnsinn. Also für seine Eltern war das okay, ja?"

„Ich glaube, sein *Vater* hat das ermöglicht."

„Aha, okay. Also sein Vater hat dir ermöglicht, mal mit Antje zu reden. Und war das jetzt so toll? Wieviel hast du vorher getrunken?"

„Hey, wir haben *alle* etwas getrunken. Und natürlich war das toll! Ich meine, mit *Antje*. Hallo? Was Tolleres gibt's doch gar nicht."

„Und das andere Mädchen?"

„Welches andere Mädchen? Ach so, das. Ich weiß gar nicht mehr, wie sie hieß. Ich glaub, Sandra oder so. Ja, die war auch süß..."

Er konnte sich nicht erklären, wie dieser Junge neben ihm an diese Mädchen rankam. Auch nicht mit Alkohol. Aber irgendwie schaffte er es offenbar. Auch sonst in der Schule war er in den letzten Monaten mutiger geworden – und selbst wenn er sich immer wieder eine Abfuhr holte, ergaben sich doch auch kurze Gespräche. Man akzeptierte ihn – zumindest für kurze Smalltalks. Vielleicht auch mehr. Er hatte diesen Mut nicht. Er fand es schon peinlich genug, *Simon* zuzusehen, wenn er mal wieder ein Mädchen anquatschte, einfach so, als ob er darum gebeten worden war.

„Hey, David...", sagte Simon plötzlich in halb gespielter, halb ehrlicher Begeisterung und breitete die Arme aus. „Es gibt *so* süße Mädchen! Und so viele! Die ganze Welt ist voll. Trau dich doch einfach mal!"

Er hasste das Thema. Er hasste den Vorsprung, den Simon vor ihm Tag für Tag hatte und sogar noch ausbaute.

„Ich bin kein Fetentyp", sagte er kurz angebunden und hoffte, das Thema damit zu beenden.

„Ich rede doch nicht bloß von der Fete!"

Simon war vor ihm stehengeblieben und sah ihn an.

„Ich meine – wann willst du mit Theresa denn mal ein Wort wechseln?"

Es durchlief ihn heiß und kalt zugleich.

„Mit Theresa – was meinst du?", stellte er sich dumm, während nun die Hitze überhandnahm.

„Tu doch nicht so blöd. Warum sprichst du eigentlich nie darüber? Ich erzähl dir immer *alles* – und du?"

„Was meinst du?", machte er noch einen schwachen Versuch.

„Schämst du dich jetzt sogar, es *zuzugeben*?", sagte Simon, während er weiterging. „Das ist aber nicht die feine Art. Ich meine – nicht mal *ihr* gegenüber."

„Was soll das?", sagte er mit Hitzewellen der Scham. „Warum redest du überhaupt von ihr?"

„Weil es bestimmt schon *jeder* in der Klasse mitgekriegt hat, dass du in sie verknallt bist."

„Ich bin nicht verknallt."

„Du leugnest es also knallhart?"

„Ich bin nicht verknallt. Das Wort ist was für Idioten."

„Oh – der Herr hätte es lieber *romantisch*", machte Simon geziert. „Er ist also verliebt..."

„Halt den Mund. Das geht dich nicht das Geringste an!"

„Ich will dir helfen, und du gibst es noch nicht mal zu!"

„Auf deine ‚Hilfe' kann ich dankend verzichten."

„Bitteschön. Dann himmle sie doch auch die nächsten drei Jahre noch an. So lange wirst du gar nicht warten müssen. Ich denke, du siehst, wie sich verschiedenste Jungen um sie bemühen – oder?"

„Das kann dir doch egal sein."

„Mann, David, wie blöd kann man eigentlich sein. Wenn du sie *haben* willst, musst du dich schon anstrengen!"

„Ich will sie nicht ‚haben'!", erwiderte er empört.

„Aber *wie* du sie haben willst. Ich meine, hast du dich schon mal gesehen, wie du sie fortwährend anstarrst?"

„Ich starre sie *gar* nicht fortwährend an."

Ihm wurde langsam unheimlich. Und wenn es nun wirklich die ganze Schule wüsste? Und vielleicht sogar *sie*?

26

„Ja, okay", sagte Simon spöttisch. „Mein Problem ist es ja nicht."

In seinem Kopf rasten die Gedanken. Schließlich fragte er kleinlaut:

„Wann starre ich denn?"

Simon grinste.

„Immer. In jeder Stunde wandert dein Kopf *so* nach links." Simon machte es theatralisch nach. Ein perfekter Vierzig-Grad-Winkel. In dieser Perspektive sah er von seinem Platz aus ihr glattes, braunes Haar und ihren sanften Rücken... Er hätte nie gedacht, dass es auffallen würde, ein Mädchen derart unauffällig *von hinten* anzuschauen. Und dabei war Simon noch nicht mal im Englischkurs, wo er ihr fast *gegenübersaß*...

Er wusste, dass er feuerrot geworden war, und versuchte gar nicht erst, es zu verbergen.

„Und wissen das jetzt *alle*?", fragte er völlig geschlagen.

„Keine Ahnung", tröstete ihn Simon. „Ich kenn dich doch. Na gut, sagen wir, ich schätze mal, dass vielleicht zwei, drei etwas ahnen. Aber was soll's? Ich meine, wer ist *nicht* irgendwie in Theresa? Die halbe Klasse war doch bestimmt schon in sie verliebt."

Kaum hatte ihn die erste Antwort unglaublich beruhigt, gab ihm der letzte Satz einen neuen Schock.

„Die halbe Klasse – das wären alle Jungs!"

„Ja, und? Du kriegst sie doch sowieso nicht. Du *versuchst* es ja nicht mal!"

Er seufzte. Er wollte trotzdem nicht, dass irgendein einziger anderer Junge auch in sie verliebt war. Dennoch wusste er, dass er sich damit nur selbst belog. Natürlich war Theresa der Schwarm vieler Jungen. Und er sah sehr wohl, mit wie vielen Jungen sie sprach, weil sie mit *ihr* sprachen. Sein einziges Glück und sein einziger Trost war, dass sie noch keinen festen Freund hatte. Genauer gesagt, ganz offensichtlich noch

27

überhaupt keinen... Und, ja, sein törichtes Herz glaubte daran, dass das so bleiben könnte. Was für ein dummer Junge er war!

„Aber du *erzählst* es keinem!", sagte er völlig unmotiviert, noch immer verzweifelt über seine ‚Entdeckung'.

„Quatsch, wozu sollte das gut sein? Ich weiß es ja eh schon wochenlang, ach, was sag ich, Monate. Ich hatte nur darauf gewartet, ob du endlich mal von dir aus ein Sterbenswörtchen erwähnst. Aber nein..."

„Monate?", fragte er kleinlaut.

Er liebte sie erst seit Monaten...

*

Er lag in seinem Bett. Simon wusste es also schon so gut wie von Anfang an. Das war dumm. Schlimm. Er hatte gedacht, er hätte sie heimlich nur für sich gehabt... Und Simon hatte es immer gewusst. Er fühlte sein heiliges Verhältnis wie beschmutzt. Er wollte, dass es *keiner* wusste. Simon war da keine Ausnahme, absolut nicht. Aber nun wusste er es, und das war schlimm genug. Wie wenn er durch sein Wissen jeden Blick beschmutzte, den er ihr heimlich sandte. Es war eine Katastrophe. Wirklich eine Katastrophe.

Er wollte Theresa für *sich*. Da hatte niemand etwas ... nicht einmal zu *wissen*. Dafür war es ihm einfach zu heilig. Jede Bemerkung darüber und schon jedes Wissen entweihte dieses Heilige. Es war, wie wenn es *sie* antastete. Es ging einfach niemanden etwas an, was er für sie empfand. Niemanden. Nicht mal in Gedanken.

In Wirklichkeit war Theresa das schönste Mädchen der ganzen Schule – und nicht nur der Schule. Es gab nämlich gar kein schöneres, könnte nie eines geben. Er fragte sich ernsthaft, wie sie sich in seine Klasse, seine Schule, seine Stadt verirrt hatte. Auf diesen Planeten... Hätte sie sich nicht auf diesen Planeten verirrt, hätte man viele Mädchen kennenlernen können, zum Beispiel Antje, aber noch viele andere. Aber jetzt, wo es *sie* gab, konnte man sich nur in eine Einzige verlieben. Wieso war sie gerade in *seiner* Klasse? Wieso durfte er in Englisch genau gegenüber von ihr sitzen, nur zwei, drei Meter von ihr getrennt? Es war für ihn das heiligste Glück überhaupt...

Er wusste, dass es auffiel, wenn man jemandem direkt gegenübersaß und ihn dann anstarren würde. Es würde jedem auffallen, jedem im ganzen Raum. Deswegen blickte er auch immer nur für Sekundenbruchteile zu ihr. Und auch das nur vielleicht zehnmal in einer Englischstunde. Na gut, vielleicht zwanzigmal, er hatte nie gezählt... Nur manchmal, wenn alle ihre Schreibsachen herausholten oder so etwas, dann sah er sie sekundenlang an – sekundenlang, nur drei Meter von ihr getrennt... Wie auch sie sich bückte. Wie ihr Haar dann jede ihrer kleinsten Bewegungen mitmachte. Wie sie das, was sie suchte, zu fassen bekam und sich wieder aufrichtete. Wie ihr unendlich, wunderschönes Gesicht wieder zum Vorschein kam, und wie er sich dann zwingen musste, wieder wegzuschauen, manchmal nur Millisekunden, bevor ihr Blick ihn entdeckte – aber da war er dann schon wieder sehr beschäftigt, mit dem, was gerade zu tun war...
Aber diese Sekunden. Sie waren diese ganze lange Schulwoche wert, jedes Mal. Diese Sekunden in den zwei Englischstunden am Dienstagvormittag und am Donnerstag in der letzten, der achten Stunde... Es waren die schönsten Sekunden seines Lebens, immer. Und was es daneben noch gab, das wurde demgegenüber bedeutungslos. Sein wahres Leben waren diese Sekunden. Die Sekunden und die Augen-Blicke, in denen er *sie anschauen* durfte.

Es war heilig. Es waren heilige Blicke, mit denen er sie so sanft wie nur möglich anschaute, fast nicht berührte. Es war das *Gegenteil* von Starren. Sein ganzes übriges Leben lang schaute er normal. Aber sie – sie bekam von ihm Blicke, die voll sanftester, heimlichster Bewunderung waren. Und dennoch waren diese Blicke nicht wegen *ihm* heilig. Das auch. Aber tausendmal mehr waren sie es wegen *ihr* – weil sie sich seinen Blicken darbot... Weil ihr heiliger Anblick das Licht seiner Augen erreichte. Nicht er schenkte ihr heilige Blicke, *sie* schenkte ihm ihren heiligen Anblick. Der Strom des Heiligen floss von ihr zu ihm – nicht umgekehrt...

Er konnte es sich nicht erklären, warum er sie erst seit Monaten liebte. Vorher musste es keine Mädchen gegeben haben. Vorher musste er selbst etwas Pflanzenartiges gewesen sein. Während rund um ihn Jungen und Mädchen schon diverse Dinge machten – und sei es nur miteinander *reden* oder gar lachen – und während Simon schon seit sicher einem Jahr seine dummen Sprüche machte, war es ihm die ganze Zeit nicht aufgefallen, dass es etwas bedeutete, wenn jemand ein *Mädchen* war...

Natürlich – die Mädchen waren auch vorher schon schön gewesen, und *sie* ganz besonders. Aber er hatte sozusagen den Zusammenhang nicht verstanden. Oder nicht gewagt, überhaupt daran zu *denken*. Aber irgendwann hatte man dies nicht mehr verhindern können. Denn die Schönheit, ihre Schönheit, hatte einen einfach überflutet. Wie wenn ein Stausee aufgestaut wurde und alles, was vorher in dem Tal war, unterging. Das Wasser stieg einfach immer höher...

Irgendwann war es Liebe gewesen, irgendwann hatte er *gewusst*, dass er verliebt gewesen war. Und vielleicht hatte er sie davor *auch* schon monatelang geliebt. Jedenfalls hatte er nie eine andere geliebt – nie.

Und sein größter Schmerz war, dass er *wusste*, dass er keine Chance hatte. Dass er wusste, dass er nicht wie die anderen war – wie diese anderen Jungen, die einfach losmarschierten und ein Mädchen ‚anquatschten'. Die kein Problem damit hatten, dass es *schön* war wie eine sengende Sonne, an der man sich schon verbrannte, wenn man ihren kurzen Blick abbekommen würde. Er wusste nicht, wie die anderen Jungen das machten – selbst Simon. Er hätte es schon bei Antje nicht gekonnt. Und bei Theresa ... war es völlig ausgeschlossen. Er würde schon in den Erdboden versinken, wenn sich ihre Blicke einmal unvorsichtig begegnen würden. Er würde vor Scham vergehen wollen, wenn sie auch nur *ahnen* würde, was an Gefühlen in ihm lebte...

Die Empfindungen, die er für sie hegte, waren so heilig, dass er in diesen Momenten nicht verstehen konnte, was er alle paar Tage in der Dusche tat. Und wenn er dies tat, musste er jeden Gedanken an sie weit von sich weisen. Das war etwas, was nichts miteinander zu tun hatte.

Am Donnerstag in der achten Stunde wusste er nicht mehr, wohin mit seinen Empfindungen. Sie hatte schon den ganzen Tag dieses Kleid angehabt... Tiefblau mit weißen Margaritenblüten darauf. Wie eine ganze Blumenwiese, aber nur die Blüten. Sicher hundert auf ihrem Oberkörper – und wohl genauso viele unterhalb ihrer schlanken Taille... Und der Stoff... Der Stoff war so dünn wie ein seidiger Hauch. Wusste sie gar nicht, wie *schön* sie war!? Er konnte den Blick fast nicht von ihr abwenden. Wenn man schon nicht in diese unsterblich schönen Augen schauen durfte, wollte man auf diese Blumen schauen, sie zählen – aber nicht zählen, einfach nur auf diesem wunderschönen Kleid verweilen, langsam mit dem Blick darauf entlangstreicheln. Und man sah, dass darunter ein *Körper* war. *Ihr* wunderschöner Körper... Noch nie hatte er ihn auch nur ansatzweise so lebendig, so zart, so sanft, so lockend wahrgenommen. Sie bemerkte das gar nicht – aber er hielt es fast nicht aus, sie anzusehen. Sie war überirdisch schön. Es gab keine Worte mehr dafür... Wie ihr weiches Haar über diesen fast genauso weichen, seidendünnen Stoff fiel... Eine namenlose, eine unsägliche Sehnsucht erfüllte ihn so sehr, dass er in ihr ertrank...

Nach dieser Stunde wusste er, was *Sehnsucht* war...

*

Am Abend fragte er sich hilflos, was er tun konnte. Er stellte sich vor, wie er sie ansprach. Wie sie ihn anschauen würde, mit ihren heilig-schönen Augen – und wie ihr Mund Worte sprechen würde, die auch *ihre* Liebe bedeuten würden. Und wie sie ineinandersinken würden, in unendlicher Liebe... In tiefer Zärtlichkeit, in heiliger Sehnsucht, die nun *erlöst* werden würde...

Aber das waren Vorstellungen. Das war seine Sehnsucht, es waren Träume. Und dennoch. Immer und immer wieder stellte er sich dies vor, er konnte einfach nicht anders – weil sein ganzes Leben davon abhing. Er war diesem Mädchen völlig verfallen... Er wusste nicht, was er tun sollte. Er wusste nur, dass das Glück jetzt Qual wurde. Sehnsucht war Qual... Glück und Qual zugleich, wirklicher Schmerz. Tiefste, tiefste Sehnsucht...

Und er war unfähig. Wenn er die Augen aufschlug, wenn er ihr real gegenüberstehen würde, würde er nicht *ein* Wort herausbringen. Nichts, was auch nur einen Hauch von Bedeutung vor ihr haben würde. Es war furchtbar. Es war grauenvoll. Er war ein Nichts. Er könnte *nichts* tun, um ihr Herz zu gewinnen. Sie würde es ihm niemals schenken. Er wusste es. Er wusste, dass er keine Chance hatte. Er wusste, dass niemand sie *mehr* lieben würde als er. Aber sie würde ihn nicht lieben. Und da stiegen ihm Tränen in die Augen. Zum ersten Mal weinte er um ein Mädchen... Um das einzige Mädchen, das er je geliebt hatte und je lieben würde. Schon jetzt weinte er um sie, wie bei einem Abschied – aber sein Herz *konnte* sich nicht abfinden, es war verzweifelt...

„**H**ammer! Sie trägt's heute wieder. David – siehst du's?"

„Lass mich!", sagte er empört über diese vulgäre Bemerkung.

„Lass *sie*!"

„Was denn?", verteidigte sich Simon.

„Es reicht doch, wenn du dir so was denkst!"

„*Ja*, mein Gott... Bist du zimperlich!"

„Ich bin nicht zimperlich. Es *passt* einfach nicht."

„Wie ‚es passt nicht'? Denkst du etwas anderes?"

„Ich denke gar nichts! Es ist egal, was ich denke. Man *denkt* so nicht."

„Also du denkst nicht ‚Hammer' oder irgend so etwas", resümierte Simon leise spöttisch.

„Nein, tue ich nicht", erwiderte er betont.

„Wer's glaubt, wird selig."

„Ja, dass du nicht selig wirst, ist klar."

Simon blieb wieder einmal stehen.

„David, du willst mir doch nicht allen Ernstes erzählen, dass du in Theresa verknallt, ähm, also *verliebt* bist, und dass du nicht, als du sie heute wieder in diesem Kleid sahst, gedacht hast: ‚Hammer!' oder *irgend* so etwas!"

„Du verstehst das nicht!", sagte er wütend.

„Ja, dann erklär's mir! Ich bin doch hier."

Er atmete einmal scharf aus.

„Mann, ey...", brachte er gepresst hervor. „Du hast so was von keine Ahnung, Simon!"

Simon stieß überrascht und verächtlich die Luft aus.

„Ich hab keine Ahnung? Von was denn bitte nicht? Ich glaub, *du* hast eher keine Ahnung. Worüber reden wir hier eigentlich? Was man über ein Kleid denken darf und was nicht? Ich meine, wirklich, ein *Hammerkleid*?"

„Halt jetzt die Klappe!", sagte er angewidert und in die Enge getrieben.

„Du bist doch nicht ganz dicht. Was geht denn bei dir falsch?"

„Ich sagte doch, das verstehst du nicht."

„Du bist ja nicht mal in der Lage, es mir zu erklären. Du bist nicht in der Lage, sie anzusprechen. Du bist nicht in der Lage, etwas über ihr Kleid zu denken. Was *machst* du eigentlich die ganze Zeit?"

„Ich denke an sie!", sagte er heftig. „Reicht das nicht?"

Simon stutzte einen Moment über die heftige Erwiderung. Dann fragte er mit leiser Ironie:

„Ja und ... *was* dann zum Beispiel?"

Verzweifelt sagte er:

„Du verstehst es einfach *alles* nicht!"

„Ja, das werde ich auch kaum können, wenn du es nicht mal erklären willst. Ich glaube, du verstehst es selber nicht!"

„Tja", entgegnete er verbittert. „Dann ist ja alles gut."

Simon schüttelte den Kopf.

„Mannomann... So ein Aufstand wegen eines ... Kleides, das man eigentlich toll finden könnte..."

Er hatte schon fast aufgegeben, aber das konnte er nicht stehenlassen, es kam ihm alles immer wieder wie eine Beschmutzung vor...

„Ich *finde* es toll. Aber du verstehst es trotzdem nicht."

„Ich verstehe es schon", sagte Simon jetzt. „Man darf einfach nur nichts sagen und, ja, am besten auch nichts denken, richtig?"

„Ja, richtig", erwiderte er verbissen, aber zum ersten Mal halbwegs zufrieden.

„Na super. Und wie macht der Herr das? Meditiert er fortwährend sein ‚Om'?"

Mit diesem Sarkasmus hatte er nicht gerechnet.

„Du bist so ein Idiot!", entgegnete er. „Ich brauche nicht zu meditieren. Das geht so."

Simon atmete aus, wie wenn er geschafft wäre.

„Und welchen Sinn hat das?"

„Was?"

„Das alles?"

„Was?", fragte er wütend.

„Na, dein ‚Ich-darf-nichts-denken, Ich-darf-nichts-sagen'. Ich darf sie nur von ferne bestaunen, aber am besten, nicht mal ich selber merke es... Das! Kannst du mir *irgendeinen* Sinn darin ergründen?"

„Du bist so ein Arschloch!"

„Nein, David, ernsthaft", ereiferte Simon sich nun, „blick den Dingen doch mal ins Auge! Was hast du davon? Es ist doch verrückt! Ich meine, objektiv betrachtet *ist* es verrückt. Mach dich doch gleich *ganz* unsichtbar! Das ist wahrscheinlich dein Ideal, oder?"

„Du verstehst das einfach nicht!"

„Ja, und du hast einen Sprung in der Platte! Im doppelten Sinne. Da oben und in deinen Sprüchen. Du verstehst es selber nicht. Das ist jetzt von einer leisen Vermutung zu einer gesicherten Erkenntnis geworden. Du verstehst es *selber* nicht. Finde dein Unsichtbarkeitselixier, trinke es – und werde glücklich!"

Er war völlig vor den Kopf geschlagen. Sie beide gingen eine Weile schweigend nebeneinanderher. Dann ertönte die Klingel, die das Ende der Pause anzeigte.

*

Das Gespräch ging ihm nicht aus dem Kopf. Es verunsicherte ihn nachhaltig. Obwohl er wusste, dass er Recht hatte, konnte er Simon auch nicht widerlegen. In der folgenden Geschichtsstunde war er mit den Gedanken kaum bei der Sache. Er war mit den Augen fortwährend auf der blauen Blumenwiese ihres sanften Rückens... Mein Gott, wie er sich nach ihr sehnte!

Er *wollte* ja von ihr gesehen werden... Er wollte ja, dass dieser wunderschöne Leib sich umdrehte, dass diese einzigartigen Augen ihn anblickten, voller Liebe, voller Erkennen ... ‚also *du*...?'

Aber wenn sie es wirklich tun würde, sich umblicken, ihn anschauen, wäre er in demselben Moment schon wieder vor ihrem Blick geflohen... In heilloser Flucht, wie ein Rehbock, dem es ans Leben ging, wäre sein Blick wieder an die Tafel geflogen und hätte zitternd gewartet, bis *ihr* Blick ihn wieder freigelassen hätte. Es war verrückt. Er hatte keine Möglichkeit, keine einzige. Ja, er *wollte* unsichtbar sein. Dann könnte er einmal mit ihr mit, zu ihr nach Hause gehen. Ihr nahe sein... Immer ihre wunderschönen Bewegungen anschauen, ihrem Blick folgen, in ihre Augen eintauchen...

‚David, wie ich sehe, haben Sie keinerlei Interesse an den Geschicken der Weimarer Republik. Aber darf ich Sie bitten, Ihr Desinteresse ein bisschen weniger *offensichtlich* zu zeigen?" Fast die ganze Klasse lachte. Mit hochrotem Kopf sah er den Lehrer an. Ihm war es, als ob selbst sie sich umgedreht hätte, aber er wagte es nicht, seinen Kopf auch nur einen Millimeter zu bewegen.
„Danke."

Völlig abwesend hörte er, wie der Unterricht seinen Fortgang nahm. Fühlte er, wie das Blut langsam wieder in alle übrigen Körperregionen strömte. Wusste er, dass er hiermit das Amüsement dieser Stunde geworden war. Und schämte er sich in Grund und Boden... Hatte sie auch über ihn gelacht? Wussten sie alle, *weshalb* er derart abwesend gewesen war? Im Moment, als die ganze Klasse gelacht hatte, war es ihm so gewesen, aber jetzt deutete nichts darauf hin. Gott sei Dank! Er war trotz der Blamage unendlich erleichtert. Nur vor *ihr* schämte er sich. Nun hatte er wirklich keine Chance mehr.

Wenn solche Dinge passierten. Er war nur noch eine Lachnummer. Schlimmer als unsichtbar ...

Als er es schließlich wieder wagte, sehr vorsichtig zu ihr hinüberzublicken, schämte er sich immer noch. Es war, wie wenn er seine Niederlage jetzt überall mit sah. Sogar ihr wunderschöner Rücken schien jetzt abweisender, uninteressierter. Es war furchtbar. Er hatte sich völlig blamiert. Sie würde ihn nie wieder anblicken, nicht einmal kurz... Er sah ihr wunderzartes Haar, aber es fiel über den blauen, zarten Stoff, ohne sich um ihn zu kümmern...

Als die Stunde zu Ende war und alle ihre Sachen für das Wochenende zusammenpackten, sah er, wie Timo sie ansprach. Schmerzlich packte er seinen Hefter in den Rucksack und blickte weiter zu ihr hinüber. Er hörte in dem allgemeinen Tumult nicht, was sie sagte und was er sagte. Aber er sah, dass sie lächelte. Timo lächelte auch. Beide sprachen einfach miteinander, und sie lächelte. Es war reinster Schmerz, der seine ganze Seele erfüllte – Schmerz und Sehnsucht. Ganz aus Sehnsucht bestehend...
Er flüchtete fast nach draußen, so wenig konnte er dieses Bild länger ertragen, selbst wenn die kleine Unterhaltung schon zu Ende war, als er schmerzlich dem Ausgang zustrebte. Sie hatte gelächelt! Jeder andere konnte sie einfach so ansprechen – und sie schenkte ihm ein Lächeln! Für jeden waren ihre Augen da, ihre wunderschönen, einzigartig schönen, lieben Augen – nur *er* würde sie nie haben können. Keine liebe, heilige Sekunde lang... Er nicht...

Simon holte ihn vor dem Schultor ein.
„Es lag wahrscheinlich alles an dem ... Kleid, oder?", fragte er feixend.
„Lass mich in Ruhe..."

„Immerhin hast du allen den Übergang ins Wochenende erleichtert."

„Du bist so ein Arsch..."

„Nimm's doch mal leicht, David. Vielleicht hat es ja sogar was Gutes. Wenn dir das oft genug passiert, *bemerkt* sie dich ja vielleicht doch..."

„Mann, Simon, lass mich doch endlich in Frieden! Macht es dir *Spaß*, mich zu zerstören?"

„Dich zu zerstören? Auf welchem dramatischen Trip bist du denn?"

„Ich glaube, du begreifst nicht, was eben wirklich passiert ist!"

„Nein, was denn? Du hast ein bisschen zu sehr von ihr geträumt..."

„Ich habe mich völlig lächerlich gemacht!", korrigierte er verzweifelt.

„Ja und? Besser ab und zu ein bisschen lächerlich als unsichtbar. Ich meine – etwas Besseres kann dir doch *wirklich* nicht passieren! Stell dir doch mal vor, sie würde irgendwann wirklich auf dich aufmerksam werden. Selbst wenn du – was du nicht bist –, selbst wenn du der Klassenclown wärst. Ich meine – was ist dir lieber: dass sie dich beachtet oder dass sie dich nicht beachtet?"

Das Gespräch ließ ihn endgültig in eine tiefe Verzweiflung sinken.

„Was hätte ich davon, als *Klassenclown* von ihr beachtet zu werden?"

„Vielleicht würde sie dich süß finden..."

Unendlicher Schmerz...

„Nein, im Ernst, David. Selbst *das* wäre doch besser als das jetzt – ich meine das völlig Unsichtbare. Stell dir vor, sie würde dich wirklich süß finden, weil du immer so süß peinlich bist..."

Simon lachte, als er geschickt einem Schlag auswich.

40

„Ich meine es trotzdem ernst", sagte er versöhnlich. „Es ist doch egal, warum Mädchen einen süß finden. Wichtig ist doch erstmal, dass sie es *tun*..."

„Ich will kein *Mitleid*", stieß er verbittert hervor.

„Das ist doch kein Mitleid! Es ist ... Interesse. Wenn sie dich *süß* findet, David – denkst du, das ist Mitleid? Ist es nicht!"

„Warum sollte sie mich süß finden, wenn sie mich lächerlich finden würde."

„Mädchen finden manchmal etwas anderes, als du denkst."

„Ich will aber auch nicht ‚süß' gefunden werden!"

„Also lieber gar nichts?"

„Nein! Etwas ganz anderes."

„Ja, nur wird sie den ‚Unsichtbaren' jetzt nicht gerade ‚cool' finden... Sie wird dich entweder süß finden oder gar nichts. Wenn du so weitermachst."

„Also dann", sagte er nach einem längeren Schweigen, als sie sich der Kreuzung näherten, wo ihre Wege sich immer trennten. „Bis Montag."

„Stopp", sagte Simon. „Du kannst doch *wenigstens* auf die Party kommen. Wenigstens, um zu üben. Du könntest dort üben, dich mal sichtbar zu machen."

„Ha, ha, toller Witz."

„Ich meine es ernst. Trau dich was – oder lass es meinetwegen. Ich werde jetzt nicht dein Lebensberater. Und ich werde dich auch nicht vor sie hinschleppen und sagen: ‚Guck mal Theresa, das ist David. Er ist zwar unsichtbar, aber er geht in unsere Klasse. Neulich haben wir über ihn gelacht. Aber eigentlich ist er in ... liebt er dich.'"

„Das brauchst du auch nicht!", sagte er wütend.

„Wie auch immer", sagte Simon schon im Gehen. „*Ich* werde jedenfalls wieder mit einigen Mädchen sprechen. Irgendwann wird schon was laufen. Und bis dahin habe ich auch meinen Spaß... Also meinetwegen bis Montag."

Betroffen und beschämt fühlte er sich völlig stehengelassen –
und erkannte, dass er es auch nicht anders gewollt hatte. Es
kostete ihn fast Mühe, seine eigene Richtung beizubehalten.
Er fühlte sich derart einsam, dass er meinte, Gewichte hingen
an seinen Beinen...

*

Abends dachte er über die Party nach. Wenn *sie* nun auch
kommen würde? Aber was dann? Er verlor sich wieder in
Tagträumen, in denen er sie ansprach und sie sich ihm zu-
wandte – und schon immer auf ihn gewartet hatte, und dann
küssten sie sich zärtlich...
Er war verzweifelt. Sie würde bestimmt nicht kommen. Und
vielleicht war das gerade seine Rettung. Er würde es eh nicht
schaffen. Er würde sie nur *ganz* verlieren. Denn entweder
lernte man sich auf einer Party kennen – oder es war gelaufen. Auf einer Party war man so sichtbar wie in der Schule
auch. Aber Partys waren dazu *da*, um sich kennenzulernen –
oder zu versagen. Es war also alles aussichtslos.
Also konnte er genauso gut hingehen. Wenn sie nicht da war,
konnte er wenigstens ‚üben'. Er verabscheute dieses Wort
seines Freundes. Aber vielleicht hatte er ja sogar Recht. War
es nicht die einzige Chance? Wenn er wenigstens eine Idee
bekäme, was er tun könnte – oder etwas Selbstvertrauen.
Vielleicht führte wirklich kein Weg drumherum, es zu ‚üben'.
Er wollte sich nicht vor *ihr* blamieren. Es wäre nicht ganz so
schlimm, sich vor einem anderen Mädchen zu blamieren.
Und vielleicht *konnte* man es irgendwie üben.

Mit einem furchtbaren Gefühl im Bauch entschloss er sich,
zu der Party zu gehen...

Er wollte nicht mit anderen Mädchen ‚üben'. Aber er wollte auch versuchen, etwas mutiger zu werden. Irgendetwas musste ja geschehen. Er *musste* sie erreichen, auch wenn es völlig unfassbar war, wie dies möglich sein könnte. Wenn er sich vorstellte, dass sie vielleicht doch auch zu der Party kam, bekam er fast Panikgefühle. Sein Bauch fühlte sich an, als hätte er drei Referate gleichzeitig zu halten. Wieso war dies alles für die Anderen so *normal*?

Er stieg an der Haltestelle aus, wo Martin wohnte. Es war die Richtung, von der er sonst nie etwas sah, fast schon ein Vorort. Er orientierte sich auf seinem Handy und fand die Straße, die ihn zu dessen Haus bringen würde. Soviel zumindest war schon klar – dass jeder hier ein Haus hatte. Es ging relativ steil bergauf. Er hatte nicht mal gewusst, dass es in seiner Heimatstadt irgendwo solche Anstiege gab! Von hier aus hatte man sogar einen echten Ausblick. Nobel – wer sich hier etwas leisten konnte...

Schließlich stand er vor einem Haus, das es sein musste. Die Nummer stimmte. Außen hing nur ein verrostetes Klingelschild. Aber das schmiedeeiserne Tor war zu öffnen. Er klingelte. Martin öffnete, hinter ihm erschienen die Gesichter von Bernd und Jan, seinen Freunden oder Kumpels.

„David? Wie kommst *du* denn hierher?"
„Wolltest du mal auf eine Party?", feixte Bernd mit leicht verstellter Stimme.
„Ich seh schon", sagte er, „ich bin falsch hier."
Er hatte sich schon wieder umgedreht, als er Martins Stimme hörte:
„Ey, nein! Warte doch mal. Du bist nicht falsch. Lass dir doch von dem Scheißer hier neben mir nicht gleich so 'ne Angst einjagen!"

„He", protestierte Bernd, „wie redest du denn mit mir?"

„Wie redest du denn mit ihm? Ich bin hier immerhin der Gastgeber." Martin machte eine gespielte tiefe Verbeugung mit entsprechendem Armschwung. „Und meine bescheidene Hütte ist offen für alle."

Er wusste nicht, ob er gerade verarscht wurde oder nicht – oder von wem alles. Unschlüssig stand er noch immer vor dem Eingang.

„Komm jetzt rein", sagte Martin. „Oder willst du noch 'nen dummen Spruch kassieren?"

„Wird's drinnen besser?", fragte er zweifelnd.

Bernd sah ihn spöttisch an, aber Martin lachte aus vollem Halse los.

„*Der* war gut! Mensch, David, Hasenfüße haben hier nichts verloren. Aber drin bist du nun schon mal. Wenn du nicht alles komplett falsch machst, kann es eigentlich nur besser werden. Aber 'n bisschen anstrengen *musst* du dich!"

Er fühlte sich extrem unwohl, ein Loser inmitten von drei coolen Kumpels. Das konnte ja nicht gut gehen... Von einem plötzlichen Gefahreninstinkt geleitet, fragte er unsicher:

„Findet hier überhaupt eine Party statt? Wieso seid ihr die einzigen..."

Nun lachte Martin abermals schallend.

„Das kann ich dir sagen. Wenn man eine Party um acht Uhr ankündigt, kommen die ersten normalerweise um neun. Das ist sozusagen guter Ton..."

„Wirklich?"

Er spürte, wie er hochrot anlief.

Bernd und Jan prusteten.

„Jetzt benehmt euch mal!", fuhr Martin sie an. Dann wandte er sich an ihn: „Ganz so schlimm ist es auch nicht. Aber ,pünktlich' ist eigentlich nie jemand. Das wäre sozusagen eine Unart. Aber ist nicht schlimm. Den Fehler machst du sowieso nie wieder..."

Dann fuhr Martin seine Kumpels nochmal an:
„Und ihr seid *jetzt* nett zu ihm, klar?"
Halb gehorchend, halb feixend gaben die beiden ihr Okay.

Als sie in das riesige Wohnzimmer kamen, das einen Holz-
fußboden hatte, fragte er unsicher:
„Und ... sind deine Eltern *auch* nicht da?"
Zumindest war er stolz, von der letzten Party etwas zu wis-
sen, obwohl er nicht dabei gewesen war.
„Was heißt auch nicht?"
„Na, bei Thomas' Party waren die Eltern doch nicht da."
„Ach so. Aber ich kann mich nicht erinnern, dass *du* dagewe-
sen wärst."
„War ich ja auch nicht. Ich hab's nur gehört."
„Von Simon – von wem sonst?"
„Ja, von Simon."
„Ey, Leute", sagte Martin nun zu seinen Kumpels, „wisst ihr
noch? Ich glaube, auf der Party ist Simon das erste Mal rich-
tig mutig geworden. Wisst ihr noch? Ziemlich abgefüllt war
der. Und dann hat er sich an Antje rangeschmissen..."
Bernd prustete in einem Erinnerungsflashback.
„Ey, ja! Stimmt! Geile Show..."
„Was?", fragte Jan bestürzt. „Wieso hab ich das denn gar
nicht mitgekriegt?"

Martin grinste.
„Ich glaube, du hast damals *Einiges* nicht mehr so ganz mit-
gekriegt..."
„Was soll das denn jetzt heißen?", erwiderte Jan grinsend.
„Dass es schon die eigene Schuld ist, wenn man für drei
säuft."
„Was?", sagte Jan enttäuscht. „Für drei nur?"
„Wie 'n Loch halt."
„Das klingt schon besser. Apropos, wo sind denn *deine*
Vorräte für heute?"

„Du machst heute keinen *Scheiß*!", sagte Martin drohend. „Ich hab nicht so geile Eltern wie Thomas. Sie haben mir mit großem Vertrauen sturmfreie Bude gewährt – und mir gleichzeitig mit der Todesstrafe gedroht, wenn *irgendein* Scheiß passiert. Du kriegst heute nix!"

Jan erstarrte verdutzt, und Martin prustete von neuem los. Er konnte sich kaum noch halten vor Lachen.

„Dein –", brachte er, sich noch immer kugelnd, mühsam hervor, „dein Gesicht hättest du mal eben sehen sollen. Habt ihr das gesehen?"

Verdattert stellte er fest, dass er in diesem ‚ihr' irgendwie eingeschlossen war. Bernd lachte nun auch aus vollem Hals. Er hätte das nie gewagt – und fand es vielleicht lustig, aber nicht so, dass er hätte lachen müssen...

„Ha, ha, sehr komisch", mokierte Jan sich. „Krieg ich heute nun Alk oder nicht?"

„Klar. Wer's braucht. Willst du's gleich intravenös, oder reicht die Flasche?"

„Idiot."

Martin prustete von neuem.

Dann wandte er sich an ihn.

„Also, du siehst", sagte er noch immer halb im Lachen. „Das ist hier so das Niveau... Love it or leave it. Na ja, du wirst schon wissen, wie du dich einbringst. Hast ja noch ein bisschen Zeit zum Üben, bis die Bude voll wird. Fühl dich einfach wohl hier, David. Bist auch eingeladen. Cool, dass du gekommen bist."

Er war so verdutzt, dass er kein Wort antworten konnte. Offenbar hatte er sich in Martin ein bisschen getäuscht. Er hatte in ihm immer nur den Coolen gesehen. Nun spürte er ein völlig unbekanntes Gefühl in seinem Inneren. Etwas Warmes, Angenommenes...

Dann fühlte er Martins Handschlag auf seinem Rücken.

„Okay – das mit dem ‚Danke' üben wir auch noch. Jetzt mach dich einfach locker. Wir lassen dich auch in Ruhe – erstmal."

Bernd prustete los.

„Was heißt ‚erstmal'?"

„Erstmal heißt erstmal!", fuhr Martin ihn an. „Kannst du kein Deutsch, oder was? *Ihr* lasst ihn sowieso die ganze Zeit in Ruhe. Ich meinte, er soll sich erstmal akklimatisieren, falls du weißt, was das heißt, du Schwuchtel!"

Bernd warf in gespielter Empörung die Arme zur Seite.

„Ey, was willst du eigentlich von mir? Bist du jetzt der Milchbubi-Beschützer, oder was?"

Martin wurde augenblicklich ernst.

„Das geht jetzt zu weit, Bernd. Kontrollier dich mal 'n bisschen, ja?"

„Hä?", fragte dieser. „Du hast mich doch auch ‚Schwuchtel' genannt!"

„Ja, dich", erwiderte Martin. Dann prustete er von neuem los und stieß seinen Kumpel vor die Brust. „Du *bist* ja auch eine. Guck dich doch mal an!" Noch einmal stieß er ihn weiter zurück, bis sich eine spielerische Balgerei entfaltete und alle drei prusteten.

Jan trennte die beiden und fragte:

„*Geht's* noch?"

Die beiden ließen lachend voneinander ab, bis Martin ihm noch einmal seinen Finger ganz dicht unter die Nase hielt.

„Du kriegst heute *nur* Alk, wenn du dich benimmst!"

„Du bist ja schon jetzt besoffen."

„Ich habe noch keinen Tropfen getrunken. Ich mein' es ganz ernst."

„Ja, ja, ist ja gut."

„Siehst du?", wandte sich Martin an ihn, womit er ihn völlig überraschte. „So muss man mit denen umgehen. Soll ich dich auch mal ranlassen?"

„He", protestierte Jan, „was soll das?"

Martin fixierte noch immer seine Augen.

„Äh, nein danke...", stotterte er.

Nun wandte Martin sich grinsend an seine Freunde.

„Seht ihr? Er will gar nicht. Aber ernsthaft jetzt – benehmt euch und versteht euch. Es ist *meine* Party. Es ist übrigens auch mein Haus und mein Alk. Es ist alles meins. Wenn ihr Scheiße baut, ist es auch *mein Kopf*. Aber davon unabhängig will ich, dass ihr euch heute mal von eurer nettesten Seite zeigt. Ende der Ansprache."

Bernd stieß Jan feixend in die Seite und murmelte:

„Welche meint er?"

Jan grinste zurück:

„Na, deinen Hintern sollst du David sicher nicht zudrehen."

Bernd schoss herum und murmelte in gespielter Scham:

„Oh, entschuldige vielmals, Herr Ehrengast David Davidson..."

Martin musterte sie eingehend – und als er merkte, dass alles im Rahmen blieb, sagte er nichts weiter. Stattdessen beorderte er seine beiden Kumpel in den Garten und deutete, sich noch einmal umblickend, auf ein schweres Ledersofa.

„Du machst es dir einfach bequem, Dave."

Dave... Womit hatte er diesen ganzen Beistand eigentlich verdient? *Mochte* Martin ihn – oder war er einfach nur guter Laune und, mehr noch, ein guter Gastgeber? Er wurde aus dem Erlebten nicht schlau.

Etwas unsicher stand er nach kurzer Zeit wieder von dem Sofa auf und ging in dem Zimmer umher. Der Dielenfußboden knarrte leicht.

Wenig später kam die Dreiertruppe wieder von draußen herein, in der Hand Bierkästen und andere Flaschen. Nachdem sie an einer Seite des Raumes deponiert waren, sagte Martin:

„So, Schonzeit vorbei. Wenn du magst, kannst du mithelfen. Wir müssen noch zwei Tische aus dem Keller holen."

„Ja, okay..."
Er konnte ja schlecht Nein sagen. Also folgte er den drei Jungen in den Garten, einmal halb um das Haus und in ein enges, dunkles Untergeschoss, das sich aber sehr bald in einen Kellerraum weitete, in dem neben vielem anderen Gerümpel drei, vier Klapptische an die Wand gelehnt standen.

„Ich denke, zwei dürften wirklich reichen", meinte Martin. Dann sah er seine Kumpel an.

„Nehmt ihr jeweils einen? Wir nehmen dann die übrigen Getränke."

Die beiden stöhnten. Dann wuchteten sie jeder einen der Klapptische unter den Arm.

„Aber passt auf mit den *Scheiben*! Wir haben eine Balkontür. Rennt nicht wie die Irrsinnigen blind der Nase nach!"

„Ja, Papi."

„Ich hab's euch gesagt. Wenn was passiert und ich geköpft werde, köpfe ich hinterher euch!"

Als die zwei mühsam bepackt den Raum verließen, wies Martin auf zwei weitere Bierkästen.

„Und wir nehmen die."

„Okay", sagte er notgedrungen.

Oben angekommen, stellten sie die Klapptische auf. Dann brachte Martin noch Plastikbecher und Plastikteller zum Vorschein, schließlich noch ein paar Säfte, Kekse und Chips.

„Ich hoffe, 'n paar Leute bringen auch was zu essen mit. Sonst gibt es nur Flüssignahrung", grinste Martin. „Ich denke, wir gönnen uns schon mal 'ne Flasche."

Er köpfte nacheinander vier Flaschen, bevor er etwas einwenden konnte, und reichte ihm die vierte.

„Hier, Dave, du bist die letzten Minuten unser Ehrengast."

„Ähm, ich trinke eigentlich nicht..."

„Aber heute doch mal? Sag einfach, du *hast* noch nicht getrunken. Es ist immer einmal das erste Mal."

„Wenn du meinst", murmelte er.

„Ja, ich meine. Aber du musst natürlich nicht. Ist ja deine Entscheidung. Ist nur entschieden cooler. Ich meine, es macht mehr Spaß, verstehst du?"

„Mmh...", sagte er unentschlossen.

„Also willst du oder nicht?"

Er hielt ihm die Flasche noch immer hin.

„Na gut."

Er nahm die Flasche. Daraufhin stieß Martin mit seinen beiden Kumpels und ihm an.

„Prost! Auf heute Abend."

Die drei ließen sich einige Schluck die Kehle hinunterlaufen. Er probierte zum ersten Mal in seinem Leben ein Bier. Es schmeckte bitter. Was fand man daran? Aber so unangenehm schmeckte es auch nicht. Und es war cool, dazuzugehören.

„Und, Dave", grinste Martin. „Auf wen wartest *du* heute?"

„Ich? Wie meinst du das?"

„Na ja – Mädchen?"

„Was für ein Mädchen?", stotterte er. „Ich warte auf kein Mädchen..."

„Wer rot wird, der wartet schon", feixte Martin. „Sag's doch ruhig. Es wird dich schon keiner auffressen."

„Der hat sich doch in Theresa verguckt!", sagte Jan.

„Was?", grinste sein Gastgeber völlig überrascht. „Ist das wahr?"

Er fühlte sich wie auf dem Präsentierteller und brachte kein Wort heraus.

„Das schöne Blümchenkleid?", fragte Martin.

Er wollte darauf nicht antworten.

„Ja, Theresa ist echt unglaublich süß", sagte Martin nun.

„Aber sie wird sicherlich nicht kommen, stimmt's?"

Er sagte noch immer nichts, hielt nur unschlüssig seine Flasche fest und wäre lieber weggelaufen als alles andere.

„Und bei ihr rechnest ausgerechnet du dir Chancen aus?",
fragte Martin, offenbar ehrlich interessiert und noch immer
verblüfft. „Warum redest du nicht mal mit ihr?"
„Bei ihr haben sich doch schon ganz andere die Zähne ausge-
bissen", grinste Bernd nun. „Olaf hat's zum Beispiel schon
bei ihr versucht. Peer auch..."
Das waren Jungs, mit denen er nicht mal im Traum konkur-
rieren konnte.
„Na und?", sagte Martin leichthin und streckte den Arm aus.
„Unser Dave hier hat's noch *nicht* versucht!"

„Können wir von was anderem reden?", bat er.
„Klar können wir. Nur würde ich dir raten, es *bald* zu versuchen, Dave. Theresa ist sicher nicht mehr allzu lange Sing-
le..."
„Wieso?", fragte er zaghaft.
„Wieso?", lachte Martin. „Die Frage kannst du dir doch selbst
beantworten. Hättest du sie dir denn ausgesucht, wenn sie
nicht so hübsch wäre?"
Hilflos erwiderte er Martins Grinsen, das durchaus etwas Gut-
mütiges hat. Dann fügte dieser noch hinzu:
„*Sie* sucht sich die Jungen offenbar auch aus. Du denkst vielleicht, du hast keine Chance. Aber offenbar steht sie gar nicht
so auf Typen wie Olaf und Peer." Er lachte. „Also hast du
vielleicht *doch* eine Chance... Vielleicht sogar mehr als wir
alle. Du musst dich also nur trauen..."
Martin zog vielsagend die Augenbrauen hoch. Dann hielt er
ihm noch einmal die Flasche zum Anstoßen hin. Als er die
Geste zögernd erwiderte, sagte Martin:
„Auf Theresa..."
Ach – wenn es doch nur wahr sein könnte...!

In dem Moment klingelte es.
„Okay", sagte Martin. „Jetzt kommen die Gäste langsam.
Dave, hat mich gefreut – fühl dich einfach weiter wohl, be-

sauf dich sinnlos, genieße das Leben und üb' ein bisschen, locker zu sein. Ich werd' mich jetzt nicht mehr um dich kümmern können, aber wenn du was brauchst, sag Bescheid! Alles klar?"

„Ja, alles klar...", murmelte er.

„Okay."

Sein Gastgeber hielt noch einmal die Flasche hoch und zwinkerte mit den Augen. Dann ging Martin zur Tür, Bernd folgte ihm. Jan blieb noch bei ihm stehen, sah ihn grinsend an und sagte:

„Ich weiß echt nicht, was mit Martin los ist. Der muss dich echt gern haben. So 'ne Art Beschützerinstinkt oder so was. Krasse Nummer. Aber ist irgendwie auch echt cool, dass du hier einfach so mal auftauchst... Folg seinem Rat einfach. Kannste kaum was falsch machen..."

Damit ging er den beiden anderen hinterher. Auch ihm hätte er das kaum zugetraut. War er hier so was wie das Nesthäkchen? Es fühlte sich allerdings ganz angenehm an. Es war schön, irgendwie so *halb* dazuzugehören.

Die ersten beiden Gäste waren zwei Mädchen – Clara und Simone, beide ebenfalls aus seiner Klasse.

„David?", fragte Simone völlig überrascht. „Was machst *du* denn hier?"

Bevor er etwas antworten konnte, sagte Martin für ihn:

„Mädels – lasst eure blöden Sprüche! Dave ist heute mein Ehrengast, ja? Also behandelt ihn mal *sehr nett*. Sonst streiche ich euch von meiner nächsten Gästeliste. Alles klar?"

Simone prustete los. Aber sie nahm es doch ernst genug, sagte allerdings trotzdem eher spöttisch:

„Okay, alles klar..."

Dann sah sie ihn an und fragte:

„Wie hast du *das* denn gemacht?"

„Er *hat* nichts gemacht. Er ist einfach nur gekommen. Reicht das nicht?"

„Er ist gekommen?", fragte Clara grinsend. „Habe ich was verpasst?"

Martin wandte sich an sie.

„Sag mal, wie schweinisch bist du denn drauf? Willst du Hausverbot?"

„Echt mal jetzt!", sagte Simone. „Was geht denn bei dir falsch?"

„Sorry", prustete Clara in sich hinein. „Das kam mir grad so."

„Kommt noch mehr?", fragte Bernd.

„Nee, bei dir?"

„Vielleicht... Wenn du mir Gesellschaft leistest..."

„Pff... Machs dir doch allein..."

„Hey, stopp!", rief Martin. „*Das* hier", sagte er dann theatralisch, „ist kein Saustall. Klar? Ihr könnt euch nachher gern zurückziehen. Aber jetzt reicht's mir gerade. Deutlich genug?"

„Ja, Chef", sagte Bernd.

„Ja, Chef", sagte Clara. „Gibt's was zu trinken?"

„Leitungswasser. Da drüben", Martin nickte zur Küche.

„Ey!", sagte Clara beleidigt.

„Den Rest hier drüben", ergänzte Martin.

„Ah, das sieht schon besser aus."

„Aber besauf dich nicht wieder. Ich will heute nichts aufwischen. Muss sowieso jeder selber machen, nur dass das klar ist."

„Ich hab noch nie gekotzt."

„Es ist immer einmal das erste Mal. Aber bitte nicht heute."

„Idiot. Warum sollte ich?"

„Ich sag's ja nur."

„Na gut – trotzdem danke für die Einladung. Wie viele kommen?"

„Bin ich Hellseher?"

„Nö, aber warum sind wir die ersten?"

„Ihr seid nicht die ersten. Dave war der erste."

„Stimmt, er ist ja schon vor uns gekommen."
Clara prustete von neuem los.
Er fühlte sich überhaupt nicht wohl bei dieser Art von Witzen.
Nun musste selbst Martin lachen. „Mann, Clara, du bist echt so was von versaut. Ich fasse es nicht..."
„Es ist alles *dein* Kopf...", flötete Clara. „Ich hab diesmal nichts gesagt..."
„Nein, gar nicht!"
„Hab ich was gesagt, Simone?"
„Das ist mir zu blöd, Clara. Halt mich da raus."
„Siehst du?", stellte Clara befriedigt fest. „Ich hab nichts gesagt."

Die nächsten Gäste klingelten. Allmählich geriet er wieder in seine Rolle, die für ihn die gewohnteste war: er wurde sozusagen unsichtbar. Teilweise nahm man noch verwundert von ihm Notiz – aber das war es dann auch. Er nippte an seinem Bier. Einen großen Schluck nahm er, als er noch einmal an Theresa dachte – und an Martins Worte von vorhin...

Irgendwann kam dann auch Simon. Als er ihn sah, steuerte er direkt auf ihn zu.
„Du hier?", fragte er verwunderter als jeder andere.
„Ja, stell dir vor."
„Wann hast du dir *das* denn überlegt?"
„Ist doch egal. Ich bin jetzt jedenfalls hier."
„Ja, das sehe ich. Na, ist doch prima, oder nicht? War das jetzt so schwer?"
„Nö."
„Na also. Und du hast sogar schon eine Flasche in der Hand. Cool! Ich will auch eine."
Simon steuerte auf den Klapptisch zu und bediente sich, auch bei den Chips.

Er fand es fast ein wenig unverschämt, sagte aber nichts, als Simon zurückkam.
„Prost." Simon stieß ebenfalls noch einmal mit ihm an. „Worauf wollen wir trinken?"
„Ich trinke auf Theresa", sagte er.
„Oh – aha. Okay... Gut, also auf Theresa."
Er wollte gar nicht, dass Simon auch auf sie trank. Das hatte er gar nicht gemeint. Er hätte es lieber allein getan. So, wie es mit Martin gewesen war. Das war etwas anderes gewesen.
„Also", sagte Simon nach kurzer Zeit, „wenn du so drei Flaschen Bier getrunken hast, merkst du's deutlich. Dann kannst du ein paar Mädchen anquatschen. Dann hast auch du genug Mut. Du kannst dir natürlich auch etwas Wodka Lemon oder so zusammenmischen. Davon dann lieber nicht allzu viel."
Er wollte gar nicht von den Erfahrungen seines Freundes belehrt werden. Er kam sich dann wie ein Kleinkind vor, wirklich schlimm. Ein bisschen dankbar war er innerlich dennoch.

„Ja, behalt deine Ratschläge für dich", sagte er.
Simon fixierte ihn kurz.
„Aber ... du bist jetzt nicht hier, um dich den ganzen Abend an *einer* Flasche Bier festzuhalten, oder?"
„Nein, lass mich doch erstmal!", sagte er genervt.
„Ja, ich lass dich ja."
Simon hob seine Flasche und gluckerte fast ein Drittel in einem Zug weg.
„Siehst du? So geht das. Ich hatte aber auch Durst..."
„Angeber!"
„Ja, aber *mach* es mal, David. Übung – verstehst du? Du willst heute noch ein paar Mädchen ansprechen. Dafür solltest du schon ein *bisschen* betrunken sein. Sonst geht's nicht..."
„Bei dir vielleicht."
„Nein, bei dir. Ich meinte bei dir. Aber gut – ich sag nichts mehr. Aber deswegen bist du doch hier, schätze ich, oder nicht?"

„Weswegen? Um mich zu betrinken?"

„Nein, um zu üben!"

Wieder dieses dumme Wort... Und doch hatte er irgendwo Recht. Also trank er wieder einen Schluck. Allmählich war die Flasche fast leer...

Als Simon sich seine zweite Flasche holte, hatte auch die Musik eingesetzt. Jetzt verstand man sein Wort kaum mehr, wenn man nicht fast ins Ohr des anderen rief. Simon rief: „Also – wir kleben heute mal nicht zusammen. Sonst kriegen wir beide keine Mädchen. Ich hab ja auch ein paar Pläne. Alles klar? Aber wenn du ein paar Tipps brauchst, sagst du Bescheid."

„Ja, alles klar. Hau ruhig ab."

„Bist du beleidigt?"

„Nein, ich meine es so. Mach dein Ding. Ich komm schon klar."

„Gut – viel Spaß!"

„Ja, dir auch."

„Danke."

Er verfolgte mit, wie Simon mit der Flasche mitten im Raum tanzte, wo dies auch schon viele andere taten. Es war bestimmt fast der halbe Jahrgang hier versammelt und hatte sich über die verschiedenen Räume ergossen. Die Party war in vollem Gange – und er war dabei und nahm wahr, was eine Party war...

Er konnte sich nicht erklären, wie man auf einer Party mit einem Mädchen reden konnte. Er wollte kein Mädchen anschreien – aber eine andere Möglichkeit gab es nicht. Er sah, wie manche Mädchen einander ins Ohr sprachen, aber auch Jungen und Mädchen standen beieinander. Manche küssten sich. Er schaute dann immer peinlich berührt weg. Er wusste auch nicht, was am Tanzen so toll war. Schließlich stand er auf und holte sich ebenfalls eine zweite Flasche Bier. Als er sich wieder setzte, wusste er, dass er schon jetzt angetrunken war. Wenn man es nicht gewohnt war, wirkte es doch schneller? Er trank ein paar Schluck in sich hinein und wollte, dass diese Wirkung noch zunahm. Dann war es zumindest nicht so langweilig – und es stimmte: man bekam mehr Mut, zu was auch immer... Es fühlte sich cooler an. Man trieb so mit...

Als kaum eine halbe Stunde später seine zweite Flasche langsam zur Neige ging, fühlte er sich, obwohl er nur auf dem Sofa saß und das Leben der Party auf sich einwirken ließ, ziemlich wohl. Er beobachtete vor allem die Mädchen – und fand, dass es an seiner Schule *viele* schöne Mädchen gab. In viele hätte man sich ebenfalls verlieben können. Warum gab es so viele schöne Mädchen? Was machten sie alle? Welche Jungen bekamen sie? Wie ging das vor sich? Warum war es für die anderen so leicht? Es geschah einfach... Einfach so... Es war ein Rätsel. Für alle anderen war es so leicht. Und einige Mädchen waren wirklich schön...

Auf einmal kam eines dieser schönen Mädchen auf ihn zu. Schockiert bemerkte er, wie es sich direkt zu ihm setzte. Er setzte sich etwas aufrechter hin, alarmiert.
„Hallo."
„Hallo."
„Du bist doch David, oder?"
„Ja."
Er wusste nicht, woher sie seinen Namen kannte. Er kannte die wenigsten Namen aus den Parallelklassen.
„Ich bin in der 10d..."
„Aha. Und wie heißt du?"
„Cynthia..."
Ein schöner Name. Und sie hatte ein wunderschönes Gesicht. Und nur ein knappes T-Shirt...
„Hast du ... schon einmal geküsst..."
„Nein, wieso?"

Er wusste, dass er hochrot wurde, und war dankbar, dass es so dunkel war. Martin hatte von irgendwoher farbige Scheinwerfer organisiert, die den Raum knapp erleuchteten.

„Wieso? Wollen wir ... uns mal küssen...?"

„Ähm, ich weiß nicht. Wie ... wie kommst du jetzt darauf?"

Sie blickte ihn mit wunderschönen Augen an...

„Wenn du nicht möchtest ... dann ... gehe ich wieder..."

Sie schien aber zu wollen, obwohl sie sich jetzt traurig wieder erheben wollte.

„Halt, warte..."

„Ja?"

Wieder diese schönen Augen. Dieser Mund, der schon so so verführerisch war. Der sich jetzt ganz leicht öffnete...

„Willst du...?"

„Ja", sagte er ehrlich.

Sein Herz klopfte. Er hatte noch nie ein so wunderschönes Mädchen geküsst. Noch nie überhaupt eines...

Und das schöne Mädchen rückte langsam an ihn heran ... und nahm ihm langsam seine Flasche ab, stellte sie auf den Boden ... und dann näherten sich ihre Gesichter, und es berührten sich ihre Lippen, und sie hatte so zärtliche, weiche Lippen, die die seinen küssten...

Als er völlig in ihr versunken war, hörte sie auf. Das Letzte, was er sah, war ihr grinsendes Gesicht, das sagte:

„Und Tschüss!"

Er stand unter Schock, als sein Blick ihr folgte, sah, wie sie schließlich zwei andere Mädchen erreichte, die sich vor Lachen ausschütteten, während auch sie sich nun umdrehte und mit ihnen lachte, noch einmal kurz auf ihn blickend und dann nur noch miteinander lachend...

Langsam begriff sein zutiefst verwundetes Herz, was geschehen war. Das Ganze war ein Prank gewesen. Ein böser Streich, den sie mit ihm nur für ihren Spaß getrieben hatten.

Er wollte vor Scham in den Boden versinken. Er fühlte sich zutiefst gedemütigt und benutzt. Sein Herz loderte verzweifelt vor Schmerz. Noch immer schauten die Mädchen zutiefst amüsiert ab und zu zu ihm hinüber, obwohl er es nicht mehr wagte, in ihre Richtung zu sehen. Hier konnte er nicht mehr bleiben. Er ergriff die Flucht. Das Schlimmste war, dass er dabei noch einmal an den Mädchen vorbeimusste. Er dachte nur noch an den Ausgang. Seine Phantasie meinte, sie lachten noch immer über ihn – er wusste es nicht. Er hörte nur noch alle Geräusche auf einmal und floh mitten hindurch.

Erst als er draußen war, atmete er einmal kurz auf, lief aber sofort weiter, um von niemandem aufgehalten zu werden, nicht von Simon, nicht von Martin, von niemandem. Und niemand hielt ihn auf...
Er setzte sich in einen Trab. So ging es ihm besser. Trabend lief er den Berg wieder hinunter. Was hatte er hier verloren? Welche irrsinnige Idee hatte ihn überhaupt hierher verschlagen? Er wusste doch, dass er nicht dazugehörte, dass dies nichts für ihn war, nicht das Geringste. Es war die schlimmste Idee gewesen, die er je gehabt hatte. Nun hatte er es schwarz auf weiß. Die schlimmste Erfahrung in seinem Leben. Von einem *Mädchen* hintergangen zu werden.

In seinem Herzen würgte eine tiefe, heilige Enttäuschung. Die Wesen, die ihm bisher in ihrer Schönheit *alle* irgendwie heilig gewesen waren, hatten ihn in einer ihrer Vertreterinnen, die noch dazu besonders schön gewesen war, gedemütigt. Seine Liebe, sein Vertrauen ... *benutzt*. Und der heilige Schmerz grub sich immer weiter, wie ein heißes Feuer, das sich in das Herz eines Berges frisst. Sein Allerheiligstes war verletzt. Sein grenzenloses Vertrauen in die Schönheit der Mädchen...

Als er endlich zu Hause war und allein in seinem Bett lag, spürte er eine unendliche Leere in seinem Inneren. Immer wieder sah er die Szene vor sich – dieses unendlich schöne Mädchen, ihren wunderschönen Blick, ihren sehnsuchtsvoll geöffneten Mund, noch immer spürte er ihre weichen Lippen, die so unendlich zart gewesen waren ... und dann diese völlige Verwandlung, wie wenn alles abfiel, alles. Wie wenn eine täuschende äußere Schönheit blieb, aber alles andere hässlich wurde. Die Seele. In was konnte man *dann* noch Vertrauen haben? Wenn sogar die schönsten Mädchen *Judasküsse* verteilten? Küsse, die nicht meinten, was sie versprachen? Wenn die Schönheit selbst das Herz verriet – und demütigte? Wem war *dann* noch zu vertrauen? Wenn man es nicht mehr bei den Mädchen durfte... Heiliger Schmerz. Verzweifelte Leere. Und dann war da noch Theresa – und sie hatte er ein einziges Mal ,betrogen' oder ,verlassen' ... und war mit solcher Macht gedemütigt worden. Dieser Tag war der schlimmste seines ganzen Lebens...

„Wo warst du denn plötzlich? Irgendwann warst du weg –
schon ziemlich früh. Wann bist du denn gegangen?"
Simon kam mit der einzig möglichen Frage in der Pause auf
ihn zu.
„Ich will nicht darüber reden!", erwiderte er.
„Hat's dir nicht gefallen?"
„Ich will nicht darüber reden, Simon. Die Sache ist gegessen."
„Also ist irgendwas passiert? Was denn? Hat irgendeiner einen blöden Spruch gemacht? Oder hast du vergeblich versucht, mit einem Mädchen zu reden?"
„Kannst du mich bitte in Ruhe lassen?", sagte er energisch.
„Hey, ja – – jetzt *ganz*, oder was meinst du?"
„Ja, am besten ganz!"
„Jetzt im Moment, oder heute? Oder wie?"
„Ich will jetzt meine Ruhe haben, Simon. Lass mich einfach..."
„Okay...", erwiderte Simon beleidigt und zog ab.

Es war ihm egal und sogar ganz recht. Ihm konnte jetzt keiner helfen – Simon am allerwenigsten. Weder wollte er dessen eigene Geschichten von vorgestern hören noch seine Ratschläge oder was auch immer. Erzählt hätte er ihm von sich aus sowieso nichts von dem, was geschehen war.
Wenige Momente später sah er die beiden Mädchen, die die Begleitung des anderen schönen Mädchens gewesen waren. In wenigen Metern Entfernung standen sie kichernd zusammen und sahen zu ihm hinüber. Erneut fühlte er sich gedemütigt, nackt und schutzlos. Er wandte sich ab und strebte einem anderen Teil des Schulhofes zu. Wie konnte man so etwas tun?

Er war mit seinem Schmerz ganz allein – ein Meer von Schmerz war es, und er war mittendrin. Und doch war es besser, als sich irgendetwas von Simon anzuhören, irgendetwas von wem auch immer. Lieber wollte er allein sein, als falschen Trost zu bekommen. Trost von anderen, die ihn *sowieso* nicht verstanden.

Und dann sah er fast gegen Ende der Pause Theresa. Sie unterhielt sich mit Merit. Er durchschaute nicht ihre Beziehungen und ob sie wirkliche Freundinnen hatte. Soweit er es beurteilen konnte, hatte sie keine feste, echte Freundin, aber sie verstand sich mit vielen Mädchen. Obwohl sie öfter auch allein auf dem Schulhof herumging, schloss sie sich nicht aus und wurde auch einbezogen.

Wieder hatte sie ihr blaues Kleid an, und als er sie erblickte, erschlug ihn die Sehnsucht fast. Er hatte sie schon in den ersten beiden Stunden von hinten gesehen, aber jetzt sah er sie *stehen*, ihre ganze Gestalt, ihre anmutigen Bewegungen. Und auch wenn sie sich fast nicht regte, war es schon anmutig, wie sie stand. Sehnsüchtig blickte er zu ihr hinüber, während er langsam und in einem großen Bogen an ihr vorüberging. Er konnte schlecht an einem Punkt stehenbleiben, ohne dass es auffiel, aber er hätte sie ewig ansehen wollen. Sein Herz brannte lichterloh. Es war, wie wenn das gestrige Ereignis in einen bereits entzündeten Scheiterhaufen eine ganz und gar feurige Fackel geworfen hätte und nun alles auf einmal in Flammen aufgegangen war.

Als das Klingelzeichen das Ende der Pause verkündete und er zufällig gerade in ihrer Sichtachse stand, als sie sich zum Schulgebäude umwandte, drehte er sich blitzschnell um und strebte mit klopfendem Herzen ebenfalls dem Gebäude zu. Noch bevor er die Glastür erreichte, stieß Martin zu ihm.

„Na, Dave, wie lang bist du gestern geblieben? Nicht so lange, oder?"

Ihm wurde noch heißer. Sie war in dem Strom von Schülern nur wenige Meter hinter ihm, wenn auch zum Glück außer Hörweite...

„Nein."

„Und, hat's dir aber gefallen?"

„Ja, war in Ordnung."

„Was, nur in Ordnung? Du hast nicht getanzt, oder?"

„Nein."

„Warum denn nicht?"

„Weiß nicht – ist nicht so mein Ding..."

„Aha, na gut. Bleib cool, Mann."

„Ja."

Martin hatte noch einmal freundlich gelächelt und dann einen Schritt zugelegt und war ihm voraus die Treppe hochgestiegen. Er blieb unbefriedigt zurück, und zugleich hatten ihn seine letzten Worte auch getröstet – auch wenn Martin *nichts* wusste. Dass er ihn dann so stehenließ, war ja seine eigene Schuld. Er tat sich noch mehr leid. Und hinter sich wusste er noch immer *sie*. Er drehte sich nicht um...

*

Er wusste nicht, wie er die übrigen Stunden überstanden hatte. Simon war in der zweiten großen Pause noch einmal angekommen, und er hatte ihn wieder abgewiesen – und da war er noch reservierter abgezogen. ‚Na gut, wenn du meinst', hatte er gesagt. Und wieder hatte er ganz allein Schuld, dass er die Leute vertrieb. Aber er *wollte* ja allein sein. Wenn überhaupt, hätte er gern mit Martin gesprochen, aber dann richtig. Doch so ernst würde dieser ihn gewiss nie nehmen. Er wäre ihm sehr schnell lästig, und dann wäre es das auch gewesen; im Grunde war die ganze Sache mit dessen letzten Worten ja bereits an eine Art Ende gekommen. Er hatte also niemanden, und das war schon immer so gewesen...

Zu Hause begrüßte ihn dann noch seine Mutter mit der Aufforderung:

„Hallo, David. Kaufst du bitte Katzenstreu? Ich hatte es dir schon Ende letzter Woche gesagt, da hast du es wieder mal aufgeschoben und vergessen, wie so oft."

„Ja."

„Nicht ‚ja‘, das ist *deine* Aufgabe – und bleibt es auch, solange du hier wohnst. Es war *dein* Wunsch, dass wir Katzen haben, weißt du noch? Ist zwar schon lange her, aber du hast damals versprochen, dich um sie zu kümmern. Was man verspricht, muss man halten, das weißt du doch. Und zwar nicht mosernd und mürrisch, sondern gern. Wenn du sie nicht mehr haben willst, kümmere *du* dich darum, sie wegzugeben."

„Ja, ist ja gut!"

„Nein, es ist gar nicht gut. Ich will endlich mal nicht mehr das Gefühl haben, dich *immer* wieder daran erinnern zu müssen! Ich will endlich mal, dass es einfach läuft – einfach nur das!"

„Ja!", sagte er genervt.

„Gut."

Er wusste, dass er sich als Kind Katzen gewünscht hatte und dass seine Mutter erst nach langem Betteln nachgegeben hatte. Er kannte seine Pflichten – und bereute seine damalige Entscheidung im Grunde. Dennoch mochte er die Katzen nach wie vor. Nur sollten sie keine *Pflichten* mit sich bringen. Das Katzenklo gehörte dazu... Er würde sie jedoch auch nicht weggeben wollen. Da würde er sich auch schlecht fühlen – und er würde sie mit Sicherheit auch vermissen.
Er hasste diese Mahnungen seiner Mutter, er hasste seine Pflichten – und er hasste *sich*, weil er sie hatte und immer wieder nicht ernst nahm, was dann all dies nach sich zog...
Also ging er zum Supermarkt und empfand bis in die Tiefe die Sinnlosigkeit dieser Tätigkeiten, während im Inneren etwas ganz anderes lebte, was *niemand* da draußen verstand – und alle taten so, als ob das ganze übrige Leben so ungeheuer wichtig war, all diese albernen Pflichten, die nicht die gering-

ste Bedeutung hatten, verglichen mit dem, was alle Bedeutung hatte... Noch nie war ihm dieser Gegensatz so klar und so quälend deutlich geworden wie jetzt, wo das Feuer der Sehnsucht ihn so unsäglich quälte...

Er war froh, als er schließlich seine Ruhe hatte und sich in sein Zimmer zurückgezogen hatte. Nun konnte nichts mehr die Flammen aufhalten, die von dem einsamen Scheiterhaufen, der sein Herz zu sein schien, bis in den Himmel loderten. Er konnte ohne sie nicht mehr leben. Die Sehnsucht verbrannte ihn, ertränkte ihn, vierteilte ihn... Er hätte sich von ihr lossagen können – aber das konnte er nicht. Also wurde er mit allem gequält, was möglich war. Die Sehnsucht war so unendlich grausam...
Was konnte er denn nur tun? Er war in ihren Augen doch ein Niemand. Verzweifelt erinnerte er sich des Gelächters vom Freitag. Was bedeutete er in ihren Augen dann noch? Er *hatte* ihr nie etwas bedeutet. Schon vorher nicht...
Aber sein Herz drängte verzweifelt zu ihr, bat, flehte. Es rannte wie gegen eine gläserne Wand, lag klagend am Boden, flehte wieder, in tiefster Verzweiflung. Wie war es möglich, *ihr* Herz zu erreichen? Wie nur – wie?

Er dachte an Martins Worte, dass er ‚wenig Zeit' habe. Diese Worte hatten jetzt kaum noch eine Bedeutung. Denn in dieser brennenden Sehnsucht würde er ohnehin innerhalb weniger Tage sterben – oder hoffnungslos auf andere Weise zugrunde gehen, so kam es ihm vor. Wenn er sie nicht erreichen könnte, hätte nichts mehr einen Sinn. Seine Liebe zu ihr, seine Sehnsucht nach ihr, war so groß, dass sie alles erfüllte, wie die Luft, die ihn umgab und seine Lungen füllte. Aber er atmete *Sehnsucht*, in seinem Blut strömte Sehnsucht...
Und immer wieder stellte er sich innerlich vor, wie er sie ansprach, wie sie auf ihn reagierte – aber, ach, es waren immer diese Phantasien, in denen sie *auf* ihn reagierte. Sie kam ihm

entgegen, sie verstand ihn, sie lächelte... Sie hatte auf ihn gewartet, sie umarmte ihn, sie küsste ihn. Das war es, was er sich vorstellte, in seiner unvorstellbaren Not.

Wenn es ihm aber gelang, seine Sehnsucht soweit zurückzudrängen, dass er die Situation auch nur ein wenig realistischer vorstellen konnte, bekam er gleich heftiges Herzklopfen und brachte fast kein Wort heraus. Und dann wusste er, dass sie ihn abweisen würde, nicht verstehen, auch gar nichts von ihm wollen...

Und dann, in der größten Not, gab es einen Moment einer seltsamen Ruhe. Und in diesen zwei, vielleicht drei Sekunden, kamen ihm die Worte seiner Mutter wieder in Erinnerung. Der Tanzkurs. Er wischte den Gedanken sofort wieder weg. Sie würde *nie* einen Tanzkurs besuchen wollen! Selbst er wollte das ja gar nicht!

Aber während er sich noch über diesen seltsamen Moment verwunderte, kehrte der Gedanke wieder – wie ein getretenes Hündlein, das winselnd zu seinem Besitzer zurückwollte. Erstaunt wurde ihm deutlich, dass dies seine einzige Hoffnung war, so fühlte es sich jedenfalls auf einmal an. Er hatte keine einzige Chance, mit nichts, aber in diesem einen Gedanken lag zumindest ein Hauch davon. Keine Chance, aber zumindest eine Hoffnung, eine allerleiseste Hoffnung. Noch einmal wunderte er sich über diesen seltsamen Moment, in dem der Gedanke zu ihm gekommen war, wie von ganz außen; wie wenn ein *Engel* mit einem mächtigen Flügelschlag für wenige Momente die Flammen zur Ruhe gebracht hätte, für wenige Momente, um ihm etwas zu bringen...

Und dann begann er, *diese* Situation vorzustellen, durchzuleiden, durchzuhoffen, in einer Seele und mit einer Phantasie, die von Liebe, von Sehnsucht und von Leid bis ins Innerste durchtränkt war...

Als er ihr am Dienstagvormittag in der Englischstunde gegenübersaß, zitterte sein Herz mehr als je zuvor in seinem Leben.

In der großen Pause eben hatte er Simon ein weiteres Mal abgewiesen, er hatte unbedingt Ruhe gebraucht, den ganzen Tag, denn am Ende dieses Schultages wollte er sie abpassen und fragen... Er hatte Simon gesagt, er könne es nicht erklären, er brauche diese Ruhe heute einfach. Und Simon hatte es in den falschen Hals bekommen und war endgültig abgezogen, so hatte es sich angefühlt – aber es war ihm nahezu egal gewesen, er fühlte sich wie in einem Nebel, einem anderen Reich, das gar nicht zu Simon oder den anderen gehörte. Es ging nur um ein Einziges. Es ging nur noch um sie... Davon hing sein ganzes Leben ab. Seine Liebe zu ihr erfüllte alles, nicht mehr nur Blut und Atemluft, auch seine Muskeln, die Bewegung seines Körpers, vielleicht sogar seine Knochen...

Sie saß ihm gegenüber. Sie hatte heute nicht mehr ihr wunderschönes Kleid an. Sie trug eine hellblaue Jeans und ein schlichtes weißes T-Shirt – und doch war sein Herz ihr vollkommen verfallen. Es spielte nicht mehr die geringste Rolle, was sie anhatte. Sie war in allem das schönste Mädchen, das je existiert hatte und je existieren würde. Alles, was sie trug, wurde von ihr in das Schönste verwandelt, was man je tragen konnte...

Sein Herz zitterte, wenn er sie anschaute, es zitterte, wenn er sie nicht anschaute, wenn er sie nur so wenige Meter entfernt gegenüber wusste. Kaum noch wagte er es überhaupt, sie anzusehen. Sein Herz zitterte vor dem Moment, der sich noch in einem sicheren Abstand von einigen Stunden befand, der aber an diesem Tag war, nach der Schule, am Ende dieser Stunden, deren schönste vorhin gerade begonnen hatte. Aber es war nicht mehr schön, es war nur noch zitternde Qual. Das

Feuer hatte sich in Wasser verwandelt, Wasser quälender Angst, erstickender, zitternder Hoffnung; bittender, flehender Hoffnung, die wusste, dass sie keine Chance hatte, die aber *doch* hoffte und so unendlich liebte...

Und das Mädchen, das dies alles auslöste, saß ihm gegenüber, und sie ahnte nichts, und sie schien so teilnahmslos an seinem Schicksal, und doch war sie so wunder-, so *unendlich* wunderschön...

Er war fast froh, als die Stunde um war. Fast meinte er, als er vor ihr den Raum verließ, er zittere bereits äußerlich. Er hatte das Gefühl, dass seine Kräfte ihn langsam verließen, dass er ein Übermaß an Anspannung, an Furcht, an verzweifelter Hoffnung in sich trug, die kein Mensch auf Dauer aushalten konnte. Er ging in eine Toilette, nur um für einige Momente einmal ungesehen ganz seine Ruhe zu haben. Er holte einmal tief Luft und barg seinen Kopf in seinen Händen und auf den Knien. Zwei andere Oberstufenschüler kamen herein, pinkelten und machten währenddessen ein paar blöde Sprüche. Es war alles so belanglos. Sie wussten nicht einmal im Ansatz, was eine Seele leiden konnte. Es war alles so surreal... Als sie wieder gegangen waren, betete er um ihre Liebe. Er *ertappte* sich dabei, dass er betete, es wurde ihm erst mittendrin richtig bewusst. Er wusste nicht einmal, zu welcher heiligen Macht er betete – glaubte er doch an keine. Jetzt aber betete er, wie wenn es um sein Leben ginge, und das tat es auch. Er konnte ohne sie dahinvegetieren. *Leben* konnte er ohne sie nicht mehr...

*

Am Ende des Tages war er tatsächlich fast ohne jede Kraft. Die Angst vor der Begegnung hatte ihm alles ausgesaugt, was er an Lebensenergie hatte. Mit einem kalten Schweiß, der ihm aus jeder Pore zu dringen schien, und einem heftig pochenden Herzen, das ihm fast aus dem Hals zu springen schien und ihm das Atmen schwer machte, folgte er ihr in noch weitem Abstand nach draußen. Er hatte solche Angst, dass er fast nicht einmal dankbar sein konnte, dass sie in diesem Moment keine Begleitung hatte – woran er bisher gar nicht gedacht hatte. Er schämte sich auch, dass man sie sehen könnte und würde. Die Angst schlug über ihm zusammen...

Dennoch musste er mit ihr sprechen, bevor sie die Bushaltestelle erreichte. Er verringerte den Abstand. Jetzt schwitzte er wirklich. Er erreichte sie, war aber noch immer hinter ihr. Dann gab sein heftig schlagendes Herz ihm den einzigen Mut, den er hatte: den Mut der Verzweiflung.

„Theresa...?"

Sie drehte sich im Gehen überrascht um.

„Oh, hallo, David!", lächelte sie, und er schloss zu ihr auf.

„Was ist?"

„Ich", stammelte er, so gut er konnte, „wollte dich ... etwas *fragen...*"

„Ja? Was denn?"

„Also ... aber ich hoffe, du verstehst es...", schob er gequält ein.

„Was denn? Was soll ich verstehen?"

Ihre Augen... Sie waren so wunderschön... Aber vielleicht nun die letzten Sekunden...

„Ich...", brachte er mit ganz trockenem Mund hervor, „wollte dich fragen ... ob du ... ob du vielleicht einen *Tanzkurs* mit mir machen möchtest..."

„Was? Wie kommst du denn darauf?"

„Ich – –"

„Nein, ich möchte keinen Tanzkurs machen."

„Ah...", erwiderte seine Stimme in bestürzter Resignation.

„*Das* wolltest du fragen?"

„Ja..."

„Nein, tut mir leid. Wirklich nicht..."

„Okay..."

„Ja, also dann..."

Sie erwartete noch eine Reaktion von ihm. Aber er war völlig unfähig dazu.

„Dann bis morgen...", sagte nun sie stattdessen.

„Ja, bis morgen", hörte er sich leise ihre Worte wiederholen.

Er hatte es dennoch so normal wie möglich gesagt, um seine völlige Niederlage nicht zu zeigen und von ihr nicht noch anders gedemütigt und abgewiesen zu werden, und doch riss und wütete bereits während dieser Worte in seinen Eingeweiden die Verzweiflung, sie fraß das zarte Hoffnungswesen, das bis zu diesem Moment durchgehalten hatte, aller Angst zum Trotz. Nun wurde es das Opfer der stärksten Kraft überhaupt: der absoluten Hoffnungslosigkeit. Sie war es, die sich von diesem Moment an durch seine Eingeweide fraß, um nichts übrigzulassen...

Er blieb stehen, als wenn er nicht denselben Weg zur Bushaltestelle hätte, und sah ihr hinterher, sah, wie sie sich nach einer Weile noch einmal kurz umdrehte. Kurz nur... Da ging sie dahin. Für immer...

*

Als er schließlich zu Hause ankam, fragte ihn seine Mutter, was los sei, aber er drückte sich mit wenigen Worten an ihr vorbei in sein Zimmer, wo er sich auf sein Bett warf.

Der Scheiterhaufen der brennenden Sehnsucht hatte sein Herz vernichtet – und war selbst vernichtet worden. Nun war da ein qualmendes Etwas, in dessen Mitte sich eine ungeheure Leere ausbreitete – und wie in einem wirklichen Qualm war kein einziger klarer Gedanke möglich. Es war, wie wenn Leere und Qualm in die feinsten Verästelungen seines Inneren drangen und all seine Gedanken ausfüllten, bevor sie überhaupt gedacht werden konnten. Leere ... hoffnungslose Leere. Verlöschtes Nichts. Verlöschte Hoffnung. Verlöschte Sehnsucht...

Aber die Sehnsucht *war* gar nicht erloschen. Das war vielleicht das allerschlimmste. Sie war gar nicht erloschen, sie hatte nur ab jetzt keine Hoffnung mehr. Nun war sie erst *wirklich* ganz einsam. Die Hoffnung war bis dahin ihre treue Begleiterin gewesen. Jetzt hatte sie sie nicht verlassen – sie war getötet worden. Von dem Mädchen selbst, dem sie sich zugewandt hatte. Und doch wandte die nun völlig einsame Sehnsucht sich demselben Mädchen *noch immer* zu... Die sanfte Mörderin wurde von der Sehnsucht, der sie ihre einzige Gefährtin genommen hatte, noch immer nicht gehasst, sondern noch immer geliebt...

Schließlich zog er sich verzweifelt seine Laufsachen an und begann, seine Runde zu laufen. Hierbei konnte man sich *noch* einsamer vorkommen, wenn dies überhaupt möglich war, aber diese Einsamkeit tröstete irgendwie zumindest ein bisschen. Man konnte an der *Einsamkeit* leiden, statt nur an der Sehnsucht. Einsame Sehnsucht war besser als die reine Verzweiflung, es war fast ein Schritt zurück...

Als er später geduscht und weiter nachgesonnen hatte, hatte sich in ihm ein Entschluss gebildet. Er hatte sich mit ihrer Zurückweisung abgefunden – sie war ja eine Tatsache –, aber nun setzte er sich im Licht seiner abendlichen Schreibtischlampe an seinen Schreibtisch und schrieb auf einen kleinen Zettel fein säuberlich:

Liebe Theresa,
darf ich bitte wenigstens ein Foto von Dir haben?
In Deinem blauen Kleid? Oder auch ein anderes. Bitte...
David

Sie würde ihn nie lieben. Aber auf diese Weise würde er sich zumindest immer an sie erinnern können. Und immer ihr wunderschönstes Bild haben. Egal, wie sehr sie ihn vielleicht noch verachten würde...

In heiligstem Trost, der wie ein Aschehäuflein inmitten eines Schlachtfeldes der Verwüstung und Verzweiflung übrigblieb, als ein letzter Rest, der nicht nichts, sondern immer noch heilige Liebe war, schlief er schließlich ein...

Der Morgen, den er sah, als er aufwachte, war der erste Morgen nach dem Ersterben der Hoffnung. Es war still in der Seele, wenn die in den Himmel flammenden Feuer erloschen waren und nur das trostlose Schlachtfeld der qualmenden Reste übrigblieb. Sehr still. Genauso still wie in jenem kurzen Moment, als ihm der Gedanke an den Tanzkurs gekommen war, wie wenn er selbst, der Gedanke, zu ihm gekommen wäre. Wie ein Friedensbote, der aber dennoch ein Todesbote geworden war. Er hatte sich an diesen Moment jetzt wieder erinnert – und doch konnte er nichts davon bedauern. Es war die einzige Hoffnung gewesen, die er hatte, und diese hatte sich als nicht tragend erwiesen. Sie war zerbrochen und hatte ihn unter ihren sanften Trümmern begraben. Seltsamerweise war er dankbar, dass er sie zumindest hatte *haben* dürfen. Einen Tag lang – einen Tag der größten Angst in seinem Leben. Seltsamerweise war er sogar *dafür* noch dankbar...

Als er das Schulgebäude betrat, hatte er den zusammengefalteten kleinen Zettel in seiner Hosentasche. Er wollte ihn ihr in der ersten großen Pause geben. Dann betrat er die Klasse und sah sie. Sie war schon da. Sie hatte sich gerade noch mit einem anderen Mädchen unterhalten, das jetzt lächelnd zurück an seinen Platz ging. Ihr eigenes Lächeln erstarb, als sie ihn erblickte. Aber er wagte es unmittelbar nicht mehr, in ihre Richtung zu schauen. Fast mit gesenktem Kopf ging er an seinen Platz und setzte sich... Verstohlen blickte er dann kurz in ihre Richtung – begegnete ihrem Blick und wandte den seinen sofort wieder ab, mit herzklopfender Scham... Er war unendlich erleichtert, als er beim nächsten verstohlenen Hinschielen in ihre Richtung nur ihren vertrauten Rücken sah...

Die erste Stunde trieb seltsam bedeutungslos an ihm vorüber. Er fragte sich, ob sie ihn endgültig verachten würde, wenn sie seine Bitte lesen würde – seine letzte, seine einzige Bitte.

Was wollte er mit einem Foto von ihr? Sie würde ihn verachten. Und dennoch *war* es seine letzte Bitte. Sie war so aufrichtig wie nur irgendetwas. Wenn sie *irgendetwas* fühlte, *würde* sie ihn nicht verachten. Sein Traumbild von ihr würde dies nie tun, niemals. Aber es hätte auch mit ihm getanzt...

Das Klingeln überraschte ihn fast. Aber die erste Stunde endete nur mit einer kleinen Pause. Er blieb an seinem Platz sitzen. Dann war es ihm, wie wenn er aus den Augenwinkeln wieder einen Blick von ihr wahrnahm. Und auf einmal war seine Angst vor ihrer wachsenden Verachtung so groß, dass alles in ihm ihrem weiteren Wachstum zuvorkommen wollte. Er nahm das Zettelchen aus seiner Hosentasche, stand auf und ging zu ihrem Platz. Sie hatte ihm wieder den Rücken zugekehrt, und so konnte er sie erreichen, ohne dass sie ihn sah. Er legte ihr das Zettelchen in ihr Stiftetäschchen und sagte nur:

„Hier, bitte, Theresa..."

Sie sah überrascht zu ihm auf, aber er hatte sich schon auf einem seltsamen Umweg um zwei Tische wieder auf den Rückweg gemacht und setzte sich, ohne irgendjemanden anzusehen.

„Hat er dir gerade ein Zettelchen gegeben?", fragte Lars, der an seinem Nebentisch saß und, wie er jetzt sah, hinter ihm auf dem Weg zur Toilette gewesen sein musste.

Er war ein Idiot. Warum hatte er es nicht in der großen Pause getan...

„Was geht dich das an?", hörte er ihre Stimme.

„Lies doch vor!"

„Ich bin nicht so wie du!"

„Was für ein Zettel war das?", erkundigte sich nun auch Lina, die neben Theresa saß.

„Keine Ahnung. Es geht euch aber auch nichts an."

„Lies ihn doch."

„Es geht euch nichts an."
„Interessiert es dich gar nicht?"
„Kannst du bitte aufhören?"
„Maaannn...", stöhnte Lina, fügte sich aber.
Die Woge verebbte. Und Theresa war die Wellenbrecherin...

Die zweite Stunde verrann quälend langsam. Die ganze Zeit
über wusste er nicht, ob sie sich selbst geschützt hatte oder
ihn. Beide Möglichkeiten waren gleichermaßen möglich –
nichts ließ die Waage in die eine oder die andere Richtung
ausschlagen. Immer wieder rief er sich die Worte zurück, die
noch immer lebendig in seinem Ohr herumwirbelten. Und er
spürte eine warme Dankbarkeit in sich – und sei es nur, dass
seine törichte Hoffnung von sich aus immer wieder die zweite Möglichkeit wählen wollte. Er hatte nur ihre *Stimme* gehört. Aber selbst ihre Stimme liebte er so sehr...

*

Als die Klingel das Zeichen zur großen Pause gab, war er einer der ersten, die sich aus dem Klassenraum stahlen. Er
flüchtete sich geradezu auf den Schulhof.
Simon überfiel ihn völlig unerwartet.
„Hast du Theresa vorhin wirklich einen *Zettel* gegeben?"
„Lass mich, Simon. Ich will jetzt alleine sein. Bitte."
„Mann, ja, okay – lass es einfach! Tschüss!"
Der Schmerz traf ihn tiefer als erwartet. Offenbar hatte Simon nun endgültig ‚Schluss gemacht'. Was ihn vielleicht am
meisten traf, war aber die Tatsache, dass er nicht im Geringsten spüren konnte, wie es ihm *ging*. Er konnte nicht fühlen,
dass er jetzt diese Ruhe brauchte wie die Luft zum Atmen.
Der Schmerz rammte sich in sein Herz – aber dieses verwun-
dete Herz wartete auf etwas ganz anderes. Es trug ja die *große* Wunde – und wartete nur auf eine kleine Tröstung, wenn
nicht noch eine letzte große Wunde hinzukam...

Nun kam ihre Stimme auch von hinten...

„David?"

„Ja?"

Er drehte sich erschrocken um. So nah hatte sie noch nie *bei* ihm gestanden – nicht von sich aus...

„Was soll das? Warum willst du ein *Foto* von mir?"

„Ich...", stotterte er.

„Was heißt ‚wenigstens'? Bist du in mich verliebt?"

Er konnte keine einzige Antwort herausbringen.

„Also du bist es..."

Er konnte nur vor ihr stehen wie ein schuldbewusster Schuljunge...

„David, was soll ich denn jetzt machen? Du kommst einfach her und legst mir einen Zettel hin, dass du ein Foto von mir willst – und ich soll dann zusehen, was ich damit mache?"

In seiner Not sagte er leise:

„Dann vergiss es einfach, Theresa... Ich wollte nur –"

„Du wolltest nur was – ein Foto, weil ich mit dir keinen Tanzkurs machen wollte?"

„Ja, wenigstens das...", sagte er hilflos.

„Und was machst du dann mit dem Foto?"

„Nichts", sagte er völlig hilflos. „Ich ... ich möchte es nur haben..."

„Soll ich jetzt ein Selfie machen oder was?"

Er sah sie hilflos an.

„Tut mir leid...", stotterte er. „Es war blöd von mir – bitte vergiss es..."

Er wandte sich beschämt ab.

„Hey!"

Furchtsam erwiderte er noch einmal ihren Blick. Aber sie stand nun auch ratlos fragend da. Da sagte er schuldbewusst:

„Nein, Theresa, bitte entschuldige. Es tut mir leid..."

Er wandte sich ab und ging, floh auch vor ihr...

Die nächste Stunde war ein weiterer Abstieg in die Niederungen eines Schauplatzes, der nur noch Asche zurückließ. Aber nun war es nicht einmal mehr der Friede der jungen Hoffnungslosigkeit, die noch immer etwas Hoffnung hatte – Hoffnung auf einen kleinen Trost –, nun war es der Zusammenbruch, der sogar die völlige Verachtung befürchten musste. Sie würde ihn verachten, sie würde ihn meiden, sie würde versuchen, ihm aus dem Weg zu gehen, seinem Körper, seinen Augen, allem... Er wäre für sie der, ‚der mal ein Foto von mir wollte'. Eine Art Perverser, vor dem man sich in Acht nehmen musste. Vielleicht hätte sie es ihm unter etwas anderen Umständen sogar gegeben – aber auch das wäre es dann gewesen. ‚So und jetzt bist du hoffentlich zufrieden.' Fortan wäre er Luft für sie gewesen. Wie auch bisher schon. Nur dass dann die Zeit *nach* dem Tod jeder Hoffnung begann... Sie hatte bereits begonnen. Selbst die Asche würde noch abkühlen. Die frisch verzweifelte Hoffnungslosigkeit würde zur *trostlosen* Hoffnungslosigkeit werden. Das war dann ihr wirklicher Tod. Gerade starb sie. Aber was starb, war noch immer ein bisschen lebendig, wie auch immer, es war noch sterbend, auch wenn es schon tot war... Der richtige Tod kam dann erst danach.

Er sah ihren Rücken – und sie würde sich nie mehr nach ihm umdrehen. Gestern hatte sie noch ‚Ja?' und ‚Oh, hallo, David' gesagt – überrascht, freundlich, so, wie sie zu jedem freundlich war. Bis man ein Foto von ihr wollte... Er würde der Einzige sein, zu dem sie *ablehnend* sein würde. Er hatte zu viel von ihr gewollt.
Nie mehr würde ihr Rücken einfach nur zart und sanft und wunderschön sein. Er würde von nun an all das sein – aber ihm gegenüber würde er hart sein, hart wie die tote, erstarrte Hoffnung. Leichenstarre seiner eigenen Hoffnung, Starre ihrer berechtigten Abwehr...

Und die Englischstunden würden furchtbar sein. Sie würde jeden Blickkontakt mit ihm meiden. Und man würde es sehen. Sie würde nicht zufällig woanders hinblicken, weil der Lehrer und die Tafel nun einmal eine andere Richtung hatten, sondern absichtlich – absichtlich und immer. Ihre Blicke würden sich nicht einmal mehr zufällig kreuzen. Nicht einmal kreuzen. Sie würde jede *Möglichkeit* vermeiden.

Bisher hatte er keine Gelegenheit gehabt, ihr zu begegnen. Er hatte nicht gewusst, welche. Nun würde sie jede Gelegenheit *verhindern*. Bisher war *er* geflohen. Jetzt würde *sie* ... nicht fliehen, sondern ihm aus dem Weg gehen und ihn in die Flucht schlagen, was auch immer er tun würde.

*

Obwohl er vor ihr floh, begegnete er noch zweimal ihrem Blick, aber beschämt floh er auch vor diesem. Er konnte nicht anders, als zu glauben, dass sie sich fassungslos fragte, was er für ein Idiot war – einer, der sie einfach nach einem Foto von sich fragte. Einer, der dann sogar noch Kleidungswünsche äußerte. Immer mehr schämte er sich in Grund und Boden. Und dies ging so weit, dass er sich wünschte, er hätte diese wenigen Zeilen nie geschrieben. Er hätte sie nie angesprochen. Auch gestern nicht. Dann wäre alles nicht passiert. Es wäre alles noch wie vorgestern. Cynthia aus der Nachbarklasse hätte ihn zutiefst gedemütigt, aber Theresa wäre das wunderschönste Mädchen der Welt geblieben. Sie war es noch immer. Aber ihm gegenüber war sie nun nicht mehr sanft und wunderschön, noch in ihrer Gleichgültigkeit, sondern ihm gegenüber versteifte sich ihre Sanftheit in Ablehnung. Für ihre Gleichgültigkeit konnte sie ja nichts, denn er war ja unsichtbar – gewesen. Nun war er sichtbar geworden, und er hatte ihre Ablehnung hervorrufen *müssen*, weil er so unverschämt gewesen war, zwei Dinge von ihr zu fordern, die sie selbst nicht wollte. Wäre er doch nie so weit gegangen... Hätte er sie doch immer weiter so sehr für sich gehabt, dass die Englischstunden die reinste Seligkeit waren – und auch jede andere Stunde reinste Schönheit, so nah vor seinen Augen...

All das war nun für immer verloren – und *er selbst* hatte dies alles zerstört.

Als er an diesem Tag zu Hause ankam, begriff er, was Selbstmörder treiben musste. Vielleicht war es genau dies: dieses Geliebthaben mit unendlicher Betonung auf *haben*... Ein unendliches Zurückgewiesen-worden-Sein. Eine Verzweiflung, die selbst als Verzweiflung noch erloschen war. Eine Hölle aus Nichts. Wenn selbst die Asche erstarrte. Ein Abschied von allem, was einmal lebendig gewesen war – und sei es nur als unmögliche Hoffnung...

Er versank in Phantasien. Wenn er von einem Haus springen würde... Oder man konnte auch Medikamente nehmen... Es gab manche, die sich die Pulsadern aufschnitten. Oder die sich auf die Schienen warfen, vor einen Zug, der gerade ankam. Es war unfair, der Zugführer hatte keine Chance – und er würde ein Leben lang darunter leiden. Auch seine Eltern würden leiden... Aber das konnte man nicht verhindern. Sie hatten einen aber auch das ganze Leben lang nie wirklich verstanden. Würden sie es *dann* tun? Wenigstens dann...? Und was wäre mit dem einzigen Mädchen, das man je geliebt hatte? Würde es etwas empfinden? Dann? Wenigstens dann...? In seinen Phantasien würde sie sehr, sehr viel empfinden... Aber es waren eben nur Phantasien, so wie alles andere zuvor auch. In Wirklichkeit war er zu weit gegangen – und sie bestrafte ihn nicht, sie empfand nur, was sie empfinden *musste*. Es war seine Schuld. Er hatte von ihr nichts zu wollen. Er war verrückt, es auch nur gehofft zu haben. Nun hatte er selbst die Strafe bekommen, die er verdiente. Nicht sie war es. Wenn man in eine Tretmine trat, starb man auch. Es war auch die eigene Schuld, nicht die der Tretmine. Sie war ja auch nicht wie Cynthia. Er hatte sie selbst in eine unmögliche Situation gebracht...

Er selbst hatte sie zu etwas Tödlichem gemacht – wenn er nicht gewesen wäre, wäre sie noch immer so wunderschön gewesen wie vorgestern. *Auch zu ihm.* Es war furchtbar...

Am nächsten Morgen betrat er die Klasse, wie wenn er in eine feurige, graue Leere eintreten würde. In ihm war eine niederdrückende Trostlosigkeit, die außerdem noch von Scham durchtränkt war. Er wagte es nicht, länger als einen Sekundenbruchteil in ihre Richtung zu blicken. Als er sich gesetzt hatte, sah er sie mit einem heftigsten Schrecken vor sich stehen. In demselben Moment, in dem sein Herz wie wild zu schlagen begann, weil alles in ihm nur noch den Wunsch hatte, im Erdboden zu versinken, sagte sie: „Hallo, David. Kann ich heute nach der Schule mal mit dir sprechen?"

Er brachte fast nicht einmal ein Ja hervor.

„Okay."

Sie drehte sich wieder um und ging zurück an ihren Platz.

Er befand sich in einem dichten Nebel. Alles um ihn herum wirbelte.

„Was das auch immer zu bedeuten hat...", sagte Lars, der die ganze Szene verfolgt hatte.

Etwas in ihm hörte, dass es leise spöttisch klingen sollte, aber es tropfte an ihm ab, als hätte das eben Geschehene ihn in eine dicke Wachsschicht gehüllt – oder in etwas noch anderes. Noch immer wagte er nur einen winzigen Augenblick in ihre Richtung. Da saß sie wieder mit ihrem Rücken ... und er war wieder so sanft und rätselhaft wie immer...

Die Stunde begann. Der Schultag begann. Es hatte schon hunderte, ja tausende Schultagesanfänge gegeben, alle gleich, immer wieder. Aber jetzt zog auch dies an ihm vorbei wie ein seltsamer Nebel, oder zog durch ihn hindurch, ohne Spuren zu hinterlassen. Er hörte die Stimme des Lehrers, der Schüler, nicht einmal wie aus weiter Ferne, sondern ganz normal, und dennoch war es alles nicht das, was zu ihm gehörte. Es war, wie wenn seine Ohren und sein Körper an ihrem Platz wären, aber gleichzeitig war noch etwas ganz anderes... Gleichzeitig war noch immer ihre Stimme in seinem Ohr – und das völlige Rätsel, was ihre Worte bedeuten würden.

Angst... Neue Angst mischte sich mit dem Glück, dass sie wenigstens mit ihm *sprechen* wollte. Selbst wenn sie ihm das Schlimmste sagen würde, so hätte sie wenigstens mit ihm gesprochen, würde es noch tun, ihre sanfte Gestalt wäre ihm für eine kurze Zeit *noch einmal* nahe. Ihr Mund, ihre Augen, ihr Körper. Ihr Mund, dessen Stimme so wunderschön war. Er hatte Angst vor ihr – und er sehnte sich nach nichts *mehr* als nach ihr. Wie sie ‚Okay' gesagt hatte... Allein dieses eine Wort schmiegte sich wie Honig in seine innerste Seele, es war so *warm* gewesen... Nicht, dass sie sich gefreut hatte. Aber es war so sanft gewesen. Als wäre sie selbst erleichtert – und sei es nur, um ihm zu sagen, warum sie ihm niemals ein Foto von sich geben würde. Allein schon für dieses eine Wort liebte er sie von neuem unendlich. Ihre Stimme war süßer als Honig, sanfter als eine Daunenfeder, anziehender als alles, was er kannte. Er liebte sie grenzenlos, seine Seele liebte sie absolut bedingungslos...

*

In der Pause kam Simon wieder zu ihm.
„Und?", fragte dieser abweisend, „hast du heute *bessere* Laune?"
Offenbar hatte er sich entschlossen, doch noch einen Versuch zu machen. Aber er hatte keine Ahnung, wie es ihm ging – und offenbar auch keinerlei Gespür dafür.
„Nein. Ich kann nicht. Ich muss allein sein..."
„Ja, okay, alles klar", sagte Simon kühl und ging wieder, nachdem er ihn einen längeren Augenblick verachtungsvoll angesehen hatte.

Vielleicht war es auch eine Enttäuschung gewesen. Aber dann war es nur *seine* Enttäuschung. Seine Enttäuschung, während er sich nie gefragt hatte, wie es *ihm* ging. Er dachte nur an sich. Und wieder war dies für ihn ein Schmerz, ebenfalls eine Enttäuschung – aber es fiel alles nicht ins Gewicht. Es war, wie wenn ein halbtotes Kätzchen nur noch ein weiteres Mal getreten wurde... Dennoch schämte er sich. Auch für all dies nahm er die Schuld auf sich. Das halbtote Kätzchen wusste, warum es starb...

Dann kam Martin noch wie zufällig vorbei und sagte im Vorübergehen:
„Hey, Dave – na, läuft da jetzt was zwischen Theresa und dir?"
Er erschrak über die Frage, die völlig abseitig war, so absolut jenseits von aller Realität.
„Nein", murmelte er, „keine Ahnung. Da ist nichts..."
„Aber sie hat schonmal mit dir gesprochen", grinste Martin noch. „Ist doch schonmal was, oder?"
„Ja..."
„Trau dich einfach. Bleib cool!"
Weg war er. Er meinte es gut mit ihm. Und doch war es ein unendliches Gefühl der Entbehrung. Ein oberflächliches Huschen. Gut gemeint, und er spürte den leisen Trost, den dies gab, und doch zugleich eine völlig andere Welt. Eine kurze Berührung – und das war es. Wie ein kurzer Regen. ‚Na, Dave, läuft da was? Nein, noch nicht? Na wird schon – bleib cool!'
Reine Entbehrung. Diese Welt war zu schnell für ihn. Zu oberflächlich, nur über alles hinweghuschend.
Freundlich-cool wie Martin. Spöttelnd wie Bernd und Jan. Gemein und erschreckend wie Cynthia. Unerreichbar wie Theresa... Und er mittendrin und darin *völlig einsam*.

*

Er wusste wieder nicht, wie er den übrigen Tag herumge-
bracht hatte. Wieder war es so, dass, je mehr sich das Ende
des Schultages näherte, alles in ihm sich vor Angst zusam-
menzog. Seine Hände wurden kalt, sein Atem wurde flach,
seine Gedanken kreisten nur noch um den Augenblick, wo sie
mit ihm sprechen würde. Er hatte Angst, schreckliche Angst.
Er war so glücklich, dass sie mit ihm sprechen würde – und
zugleich fürchtete er sich so unendlich vor dem, was sie sagen würde...

Und dann klingelte es zum letzten Mal an diesem Tag, und
die letzte Stunde war zu Ende, und er erwartete das Weitere,
was nun kommen würde, wie ein zum Tode Verurteilter.
Furchtsam sah er zu ihr, sah, wie sie ihre Sachen zusammen-
packte, er selbst war längst mit allem fertig... Zögernd stand
er auf und hing sich seinen Rucksack um. Sie warf ihm einen
kurzen Blick zu und ging dann in Richtung Tür. Er folgte ihr
mit heftigem Herzklopfen und spürte seine kalten Hände. Es
war wie ein stilles Einverständnis, aber auch ein zum Tode
Verurteilter folgte seinem Henker letztlich gehorsam. Niemand sonst bemerkte, was hier geschah. Schützte sie jetzt
wiederum sich, indem sie so tat, als wäre nichts? Aber er war
auch dankbar, dass sie kein Aufsehen erregte. Auch der Ver-
urteilte starb lieber ganz heimlich...

Auf dem Schulhof wartete sie dann, sah ihn an und fragte:
„Wollen wir ein bisschen gehen?"
„Ja...", erwiderte er, völlig überfallen von ihrer Frage, die
noch kein Henkerbeil war...
Sie setzte sich wieder in Bewegung, und er ging an ihrer
Seite durch das Schultor hinaus.
„Hier lang?"
Sie bog nach rechts, wo es nicht zur Haltestelle ging.
„Ja", sagte er bestürzt über ihre freundliche, warme Frage.

Er war über *alles* bestürzt. Über das, was sie tat. Über ihre Stimme. Über ihre Nähe. Ihre Nähe war so unglaublich schön... Seine Hände konnten ruhig erfrieren, wenn sie in der Nähe war...

„Ja, also...", sagte sie dann zögernd, als der große Strom sich in die andere Richtung ergossen hatte und sie sich fast allein fühlen konnten, weil sich alles verteilte. „Ich weiß nicht, was ich machen soll. Das habe ich ja schon gestern gesagt. Aber ich wollte wenigstens einmal mit dir reden..."
Sein Hals war trocken wie ein ausgedörrtes Flussbett. Und er wusste wieder nichts zu sagen.
„Hast du gehört?"
„Ja", sagte er unmittelbar, beschämt.
„Und warum sagst du nichts?"
„Ich weiß nicht, was ich sagen soll."
„Hast du *Angst* vor mir?"
„Nein – das heißt ... doch..."
„Wovor denn?"
Die Frage fühlte sich so an, als ob sie ihn damit quälen wollte. Wusste sie es denn wirklich nicht? Sie musste doch wissen, wie es war, wenn man jemanden so sehr liebte! Er schämte sich, irgendetwas zu sagen.
„Wovor hast du denn solche *Angst*, David?", fragte sie nun warm.
„Das weißt du doch...", sagte er gequält.
„Nein. Nicht genau... Ist es ... nein, ich weiß es nicht. Sag es doch bitte. Ich meine, wovor hast du *Angst*?"

Er rang mit sich. Er rang damit, Worte zu finden. Damit, Mut zu finden, mit dem er die Worte dann sagen würde können. Und schließlich brachte er hervor:
„Theresa, du weißt es doch... Du musst es doch wissen. Du *weißt* doch alles. Ist es dann nicht klar?"

„Nein. Du bist in mich verliebt, nicht wahr? Und jetzt hast du *Angst* vor mir? Das musst du doch nicht..."

„Aber –"

„Wozu soll das denn *gut* sein? Bin ich so schlimm...?"

„Nein, aber – –"

„Aber was? Ist es wegen dem, was ich gestern gesagt habe? Ich habe mir hinterher überlegt, dass es nicht ganz fair war. Es tut mir leid. Ich habe nicht ganz überlegt, wie es *dir* geht. Ich habe ... mir war nicht sofort klar, was das für dich heißt..."

Er schluckte, was mit dem trockenen Hals fast nicht ging.

„Und ... jetzt weißt du es?", wagte er zu fragen.

„Ich weiß nicht... Was ich meine, ist ... du hast mich mit alledem ehrlich gesagt etwas überrascht. Zweimal... Beide Male... Ich wusste nicht, was ich sagen soll."

„Ja, tut mir leid", murmelte er beschämt.

„Es braucht dir ja nicht leidzutun. Ich weiß nur nicht, was ich machen soll."

„Ja...", sagte er ergeben.

Ein kleines Schweigen breitete sich zwischen ihnen aus. Dann fragte sie:

„Kannst du nicht mit jemand anderem einen Tanzkurs machen?"

„Nein."

„Wie kommst du überhaupt darauf? Warum Tanzen?"

„Weiß nicht."

„Du *weißt* es nicht?"

Sie sah ihn ungläubig an.

„Ich wollte es einfach...", sagte er gequält.

„Aber warum ausgerechnet Tanzen?"

„Warum nicht...", erwiderte er verloren.

„Ja, klar", gab sie zu, „warum nicht... Aber ... du verstehst, dass ich trotzdem nicht möchte?"

„Ja."

„Du *sagst* nichts!", sagte sie lächelnd. „Warum sagst du nichts, David?"

„Was soll ich sagen?", fragte er hilflos.

„Ich weiß nicht – *irgendwas*. Du sagst so überhaupt nichts..."

„Ja, das ist auch schwer..."

„Schwer?"

„Ja."

„Und warum?"

„Weißt du es wirklich nicht?", fragte er, wie wenn er auf einer Folterbank lag und sie ihn bewusst quälen wollte.

„Nein – was ist schwer?"

Und nun brach es aus ihm heraus.

„Es ist schwer, so mit dir zu gehen. Es ist schwer, zu wissen, dass es jederzeit vorbei sein kann. Es ist schwer, zu wissen, dass du mich nie lieben wirst. Und es ist schwer, zu wissen, dass du in wenigen Momenten nichts mehr mit mir zu tun haben willst. Nichts wirklich. Dass du dann wissen wirst: ‚Das war der, der sich mal in mich verliebt hatte', oder: ‚Das ist der Typ, der mich immer noch liebt, furchtbar!' – und dass ich dir nichts mehr bedeuten werde. Es ist furchtbar, das zu wissen, Theresa. Es ist *alles* furchtbar. Es ist nicht nur schwer, es ist schrecklich. Es ist *unendlich* furchtbar. Ich weiß, dass dies die letzten Sekunden sein werden, wo ich noch so mit dir reden werde. Wo du jetzt so *bei* mir bist – und wo – –"

Er musste kurz mit einer Überwältigung kämpfen, dann ging es wieder.

„Und wo", brachte er mühsam und leise hervor, „alles so wunderschön ist, aber nur noch ein letztes und ein einziges Mal... *Das* ist schwer..."

Ein vollkommenes Schweigen ging neben ihm...

Und dann sagte sie leise:

„Das habe ich nicht gewusst, David... Das tut mir leid..."

„Es ändert ja nichts", erwiderte er in seiner Verlorenheit.

„Aber", fragte sie betroffen, „könnten wir denn nicht auch ...
einfach *Freunde* sein?"
Es war, wie wenn sie eine Frage stellte, die von einem ganz
anderen Stern kam. Er musste sich anstrengen, um den Sinn
ihrer Worte soweit zu erfassen, dass er über die Frage *nachdenken* konnte.
„Freunde?", stotterte er. „Wie meinst du das, Theresa..."
„Ich weiß nicht... Irgendwie eben. Wie man so etwas eben
meint. Ich meinte nur ... weil ... damit du irgendwas *hast*..."
„Und was habe ich dann?", fragte er leise, ungläubig. „Ich
meine..."
Sie schwieg ebenso verlegen wie er.
„Ich meine", fuhr er beschämt fort, „du willst dann doch sicher ebenso wenig mit mir machen wie jetzt. Das ist ... das ist
doch nur ein *Wort*, Theresa. Ich bin doch gar nicht dein
Freund... Willst du denn, dass wir morgens *Hallo* zueinander
sagen?"
Bestürzt sah sie ihn an, fast verletzt – er spürte es irgendwie,
und es tat ihm schon leid, als ihr Blick ihn traf... Hilflos konnte er dennoch nur schweigen, nun auch aus Scham...

„Das *weißt* du doch gar nicht", erwiderte sie leise, und er
spürte zum ersten Mal, wie verletzlich auch *sie* war. So sanft,
wie nur ein Mädchen sein konnte – und nun auch so verletzlich. Wie hatte er je meinen können, diese Sanftheit hätte
nicht auch ein inneres Leben... „Woher willst du das denn
wissen? Jetzt gerade machen wir doch *auch* etwas..."
Mit tiefer Bestürzung wurde ihm klar, wovon sie sprach und
wie sie es meinte – und er stürzte in eine noch tiefere Scham.
„Es...", stammelte er, „es tut mir leid, Theresa! Das wollte ich
nicht! Das wollte ich nicht sagen... Ich meinte es nicht so...
Ich meinte nur – –"
„Du meintest nur, dass du Angst hast, dass es so sein könnte..."
„Ja."

Auf einmal fühlte er eine unendliche Wärme in sich – sie strömte in ihn ein, als wäre er auf einmal mit jeder Pore durchlässig. Durchlässig für *ihre Wärme*. Und ihr aufrichtiges Bemühen, das er auf einmal so grenzenlos spürte. Er spürte ihr ganzes Mädchensein – in einem erschütternden, allumfassenden Erleben, das ihn ungläubig zurückließ, begnadet in einem Meer von ungläubig empfundenem Trost...

„Aber wovor man Angst hat, dass es so sein könnte, *muss* nicht so sein, richtig?"

„Ja", erwiderte er beschämt.

„Und wenn es anders wäre", fragte sie weiter, „wäre es für dich dann in Ordnung, David?"

„Wie ‚in Ordnung'?", stammelte er.

„Ich meine, wäre es dann trotzdem ... gut? Würde das gehen? Oder würdest du die ganze Zeit denken: Aber das reicht mir *auch* nicht..."

„Wie?", stotterte er beschämt. „Nein... Also, doch... Ich meine – ich meine – nein, das würde ich *nicht* denken! Aber ... aber was *meinst* du überhaupt, Theresa? Du ... du willst jetzt meine *Freundin* sein? Ich meine – so als ... also ... wie soll das denn gehen?"

„Keine Ahnung", sagte sie lächelnd und warm. „Wie soll es denn gehen, David? Hast du einen Vorschlag...?"

Er war wie mit Dummheit und auch Stummheit geschlagen.

„Nein", sagte er völlig hilflos. „Ich ... das habe ich ... nicht erwartet..."

„Und was *hast* du erwartet?", fragte sie warm.

„Keine Ahnung", stotterte er. „Dass du – dass du mir sagen würdest ... ‚Du weißt ja, dass es nicht geht, nicht wahr? Ich wollte es nur nochmal gesagt haben.' So etwas..."

Bestürzt sah sie ihn an.

„Aber – das ist ja furchtbar! So was hast du erwartet?"

„Ja...", gestand er.

„Aber...", stammelte nun sie fast. „Aber ... wie kannst du dann in mich verliebt sein, wenn du so etwas Furchtbares erwartest?"

„Na, weil...", setzte er an – und wusste dann selbst keine Antwort.

„Ich meine", fragte sie ungläubig staunend, „wie *geht* das? Dass man jemanden liebt, von dem man zugleich das Allerschlimmste erwartet? Warum liebt man ihn dann überhaupt?"

„Kennst...", stotterte er, „du das denn nicht? Ich meine, hätte das denn nicht sein können? War das nicht ganz und gar wahrscheinlich? Geradezu normal?"

„Normal?", sagte sie bestürzt. „Dass man jemanden so stehenlässt, der ... einen *liebt?*"

„Ja..."

Er sagte ihr nicht, in welches Todestal *sie* ihn gestern gestürzt hatte. Sie war ja selbst überrascht und überfallen worden – von ihm...

„Und...", fragte sie leise, „du hast dich gestern wahrscheinlich von mir auch so stehengelassen gefühlt, nicht wahr? Und vorgestern auch, stimmt's?"

Er wollte ihr nie etwas vorwerfen, er konnte es nicht. Etwas in ihm weigerte sich absolut – beschämt schwieg er einfach nur.

„Das tut mir leid...", sagte sie noch leiser. „Das wollte ich nicht..."

„Theresa...", sagte er nun auch leise.

„Ja?"

„Du *sollst* dich nicht entschuldigen..."

„Aber wenn es so war?"

„Es war nicht so... Es war von *mir* unfair..."

„Wieso denn unfair?"

„Ich hab dich einfach überfallen."

„Ja", lachte sie. „*Das* hast du allerdings!"

Ungläubig nahm er ihr wunderschönes Lachen in sich auf, ihre ganze Nähe, ihre wachsende, warme Vertrautheit. Alles war eingehüllt in das Mysterium des Unglaublichen... Dann war auch dieser Moment wieder zu Ende.

„Und was machen wir nun?", fragte sie warm.

„Ich weiß nicht...", sagte er wieder und senkte beschämt den Kopf.

„Wollen wir es versuchen?"

„Befreundet zu sein?", fragte er ungläubig.

„Ja."

„Sehr, sehr gern, Theresa...", sagte er hilflos und ergeben.

„Unendlich gerne..."

„Gut. Dann machen wir das..."

Sie lächelte.

Er ging verlegen neben ihr. Neben dem schönsten Mädchen der Welt.

„Dann...", sagte nun auch sie verlegen, „muss ich jetzt aber wohl mal nach Hause..."

„Ja", beeilte er sich zu sagen.

Dankbarkeit und Furcht hielten sich völlig die Waage. Er war in diesem Moment so verletzlich wie eine offene Wunde. Aber sie hatte ihm gerade ihre Freundschaft geschenkt. Die Dankbarkeit schlug aus – und die Waage begann, sich in ihre Richtung zu senken.

„Kommst du noch mit zur Haltestelle?"

„Ja."

Sie nahm immer eine andere Linie als er.

Schweigend gingen sie den nicht allzu langen Weg zurück.

„Wir können uns zum Beispiel", sagte sie schließlich, „in manchen Pausen unterhalten."

„Ja, sehr gerne..."

Er hatte Angst, was er dann sagen könnte. Aber er war so unendlich dankbar. Er hatte Angst, dass es für sie eine Art

‚Pflichtprogramm' werden würde. Aber er hoffte so sehr etwas anderes. Und er liebte sie so unendlich...

„Bist du eigentlich gar nicht mehr mit *Simon* zusammen?" Erschrocken realisierte er, dass sie dies bemerkt hatte! „Nein, weiß nicht...", stotterte er.

„Wie, du ‚weißt nicht'?"

„Es ging zwischen uns ein bisschen auseinander..."

„Und wieso?"

Er hörte ihr leises Zögern. Hatte sie Mitleid? Hatte sie nun auch selbst eine leise Furcht?

„Theresa, ich weiß nicht...", sagte er leise. „Ich glaube, wir haben nicht wirklich ganz zusammengepasst... Aber ... verachtest du mich jetzt?"

„Nein!", sagte sie bestürzt. „Aber wieso nicht?"

„Das kann ich dir vielleicht einmal in Ruhe erklären. Es ist ein bisschen kompliziert."

„Aber er war doch dein einziger Freund, oder nicht?"

„Ja, irgendwie schon. Wenn man es so sagen will."

„*Wart* ihr nicht befreundet?"

„Ich weiß es ehrlich gesagt nicht..."

„Ah...", sagte sie leise.

Als der Bus kam, sah er, dass es ihrer war. Sie sah es auch. „Also...", wandte sie sich noch einmal zu ihm um. Dann nestelte sie an ihrem hellen Lederrucksack. „Ich hab hier noch etwas für dich."

Sie drückte es ihm in die Hand, während sie schon fast einstieg. Ungläubig sah er ihr nach, wie sie ihm ein letztes Lächeln schenkte, das er hilflos glücklich erwiderte.

Dann erst konnte er ihre Gabe wirklich in Ruhe betrachten.

Es war ein kleines Passfoto aus dem Automaten – sie sah ihn an, ernst, sanft, wunderschön, und sie trug ihr blaues Kleid...

An diesem Tag musste er allein schon deshalb laufen gehen, um alles zu verarbeiten – alles Glück, aber auch alle Angst, alle Spannung. Beim Laufen war er sozusagen ganz er selbst – und wurde es immer wieder neu. Im Laufen kehrte das Leben zurück, und alle Spannung löste sich auf. Was dann noch übrig blieb, war das Leben selbst – und es war durchdrungen von Glück, ungläubigem Glück.

Und dann saß er endlos auf seinem Stuhl und sah ihr Gesicht an – ihr wunder-wunderschönes Gesicht...

Wie konnte sie an einem einzigen Tag dieses Foto für ihn gemacht haben? Noch am selben Tag! Sie hatte nur für ihn wieder ihr blaues Kleid angezogen und war zu einem Automaten gegangen – so, im blauen Kleid, nur für ihn. Und das Nicht-Glauben-Können wurde grenzenlos, tauchte fassungslos ein in dieses tiefe Blau, das es nur ein einziges Mal auf dem Planeten gab, nämlich auf ihrem Kleid... *Alles* an ihr war einzigartig...

Beseligt ging er an diesem Tag in die Schule. Als er sie in der Klasse erblickte, begrüßte sie ihn mit einem Lächeln. Er lächelte zurück und konnte seine Gefühle nicht fassen – seine Brust schien zu eng für die Fülle zu sein, die sich unmittelbar dann ausbreitete, wenn er sie sah, dieses eine Lächeln, das ihm galt. Es *war* nicht zu fassen – weder mit dem Verstand, noch mit der Enge seiner Brust. Man hätte den ganzen Klassenraum zur Verfügung haben müssen – und noch dann wäre es zu klein gewesen, zu eng, zu begrenzt. Er setzte sich und bestand gleichsam ganz aus Glück...

In der großen Pause ging er unschlüssig und zögernd nach unten. Er wollte ihr nicht zur Last fallen. Als sie auf ihn zusteuerte, vermischte sich das Glück mit Aufgeregtheit, ja Furcht.

„Hallo, David.“
„Hallo.“
„Geht es dir heute gut?“
„Ja.“
„Hast du noch Angst?“
„Ein bisschen.“
„Hat dir das Foto gefallen?“
„Theresa...“, sagte er fassungslos.
„Ja?“, erwiderte sie fast erschrocken.
„Gefallen ist gar kein *Ausdruck*... Ich weiß nicht, was ich sagen soll...“
„Sag doch einfach ‚danke‘.“
„Das reicht nicht! Ich meine, es wäre zu wenig. Ich habe noch nie *so* ein schönes Foto gesehen...“
„Na ja...“, wehrte sie verlegen ab.
„Nein, Theresa, ich meine es ernst. Und allein schon, dass du es extra für mich gemacht hast. Schon an dem *Tag*...“
Sie lächelte verlegen.

„Vielen Dank!", sagte er nun wirklich. „Aber es klingt so blöd. Es ist unendlich zu *wenig*, Theresa, wirklich..."

„Ja, das reicht jetzt", bat sie nun. „Ich freue mich, wenn es dir gefällt."

Leise beschämt schwieg er.

„Ich ... kann aber auch nicht jede Pause mit dir sprechen..."

„Das", erwiderte er bestürzt, „erwarte ich auch nicht! Ich ... du musst auch nicht, Theresa... Du musst überhaupt nichts... Wenn du nicht möchtest – –"

„Doch", sagte sie. „Ich will nur nicht, dass du..."

Sie sah ihn an. Dann setzte sie noch einmal an:

„Dass du etwas erwartest... Oder dass du enttäuscht bist..."

„Nein, bin ich nicht...", sagte er mit leisem Schmerz. Dann wagte er seinerseits, noch leise zu sagen: „Ich will nur nicht, dass du denkst, du musst etwas..."

„Okay", lächelte sie. „Dann habe ich also ein bisschen Angst, dass du zu viel erwartest – und du hast ein bisschen Angst, dass du zu wenig *bekommst*, richtig?"

„Ähm", erwiderte er bestürzt über ihre sanfte Auffassungsgabe, die die seine um Welten zu übertreffen schien, „ich *erwarte* ja gar nichts, Theresa..."

„Nein, aber du *wünschst* es dir, nicht wahr?"

„Ja..."

„Wollen wir uns nicht heute nach der Schule einmal treffen? Dann haben wir doch genug Zeit. Ich finde das besser..."

„Ja, natürlich...", stammelte er, immer wieder neu überfallen von dem völlig Unerwarteten.

„Nur wenn du auch *Zeit* hast..."

„Ja, absolut – ja. Ja, ich habe Zeit..."

„Gut", lächelte sie. „Dann ... dann bist du *jetzt* nicht enttäuscht, wenn wir jetzt erstmal so ‚unsere Sachen' machen?"

„Nein – nein, bitte denk das doch nicht..."

„Okay...", sagte sie, nun offenbar wirklich beruhigt. „Dann ... sehen wir uns also wieder nach der Schule?"

„Ja... Ja, ich freue mich."
„Gut – bis dann..."
„Bis dann..."

Sie wandte sich zögernd um. Dann ging sie über den Schulhof, blieb aber allein. Erst kurz vor Ende der Pause steuerte sie auf ein anderes Mädchen zu und sprach mit diesem. Er blieb ratlos zurück. Er verstand sie ja. Aber er wusste nicht, was er empfinden durfte. *War* er nur etwas, was sie wie eine Pflicht empfand? Sie hatte ja gesagt, dass sie Angst hatte. Aber er erwartete doch wirklich nichts von ihr. Er hoffte so sehr, nur ein Winziges zu bekommen. Selbst ihr Foto hätte ihn schon für immer unendlich glücklich gemacht. Aber sie hatte ihm doch *selbst* so etwas wie Freundschaft versprochen. Sie hatte es doch gesagt, nicht er...
Er liebte ihre sanfte Gestalt grenzenlos. Er liebte sie grenzenlos. Und er wollte ihr nie, nie zur Last fallen...

*

Nach der Schule trafen sie sich auf dem Schulhof.
„Und?", fragte sie lächelnd. „Was machen wir jetzt?"
„Ich weiß nicht...", sagte er bescheiden.
„Du weißt immer *nichts*, oder?", fragte sie warm.
Bestürzt schwieg er.
„Hast du *viel* Zeit?", fragte sie.
„Ja, wieso?"
„Hast du Lust, mit mir einen Spaziergang zu machen?"
„Natürlich."
„Ich meine, einen richtigen. Einen langen..."
„Ja, sehr gerne."
„Aber dann müssen wir irgendwohin fahren."
„Und wohin?"
„Das zeige ich dir."
„Okay. Gut..."

Sie gingen gemeinsam zur Bushaltestelle.
Martin lief an ihnen vorbei und warf ihm ein ermutigendes
Augenzwinkern zu. Es war ihm vor ihr peinlich. Dann über-
holte auch Bernd sie noch und fragte mit leichter Anzüglich-
keit:
„Na, hat's zwischen euch jetzt geklappt?"
Er grinste noch einige Augenblicke, dann lief er weiter.

„Es tut mir leid", murmelte er zutiefst beschämt.
„*Wussten* die davon?", fragte sie verletzlich.
„Wovon?", erwiderte er besorgt.
„Dass du in mich verliebt bist?"
„Nicht von mir", sagte er schnell. „Aber ja, sie wussten es...
Ich war auf Martins Party, und Jan wusste es. Ich habe nichts
gesagt. *Er* fing damit an..."
„Und dann?"
„Dann war nichts. Mir war es peinlich. Es war auch nichts
weiter. Du kennst ja die Sprüche. Ich mag das nicht. Aber es
war nichts. Sie wussten es einfach nur..."
„Ja, das ist typisch. Ich verstehe..."
„Was meinst du?", fragte er furchtsam.
„Diese Sprüche. Es geht doch niemanden etwas an. Trotzdem
denkt immer jeder, er darf was sagen."
„Ja."

Sie mussten nicht lange auf den Bus warten. Als er kam,
mussten sie jedoch im hinteren Teil stehen. Wenige Stationen
später jedoch sagte Theresa zu ihm:
„Hier müssen wir raus."
Er folgte ihr. Sie waren noch immer mitten in der Stadt.
„Wir steigen jetzt in die Vier um", erklärte sie.
„Okay."
„Fährst du nicht manchmal raus aus der Stadt?"
„Nicht wirklich."

„Und was machst du den ganzen Tag so? Oder am Wochenende?"

„Weiß nicht. Nichts Besonderes. Manchmal laufe ich."

„Du läufst? Meinst du Jogging?"

„Ja. Ich nenn' es aber Laufen. Ich mag das Wort ‚Jogging' nicht."

„Weil es englisch ist?"

„Weil es wie Freizeitsport klingt."

„Und was ist es bei dir?"

„Keine Ahnung. Ich mag's einfach nicht."

„Also du willst einfach nicht mit den ganzen ‚Trabern' verglichen werden, die es nur für ihre Gesundheit oder was weiß ich wofür machen, stimmt's?"

„Ja..."

Dankbar und bewundernd sah er sie an. Eben noch hatte er befürchtet, sie würde ihn in keiner Weise verstehen – jetzt spürte sie so *genau*, was er fühlte...

„Und wofür oder warum machst *du* es?"

Die Frage stürzte ihn völlig unerwartet ins Leere. Es war eine echte Frage – und eine, die er sich noch nie gestellt hatte.

„Ähm...", stotterte er. „Ich weiß nicht genau... Weil es Spaß macht?"

„Sollte man nicht wissen, warum man etwas macht?", fragte sie lächelnd.

„Doch, schon... Was machst du denn so?"

„Lenk nicht ab", sagte sie noch immer lächelnd. „Wir bleiben jetzt mal bei dir..."

In diesem Moment kam der Bus. Er war dafür geradezu dankbar. So hatte er zumindest einige Augenblicke, in denen er versuchen konnte, nachzudenken – auch wenn es natürlich völlig sinnlos war. Warum lief er eigentlich?

Als sie im hinteren Teil des Busses einen Platz gefunden hatten, fragte sie von neuem:

„Und? Warum machst du es? Warum läufst du?"

Seine Hoffnung, dass sie es vergessen haben könnte, erfüllte sich nicht. Gleichzeitig fand er es umwerfend, wie sanft sie darauf beharrte. Aber nun konnte er sich erst recht nicht mehr konzentrieren, denn nun saß sie direkt neben ihm, so nah, wie sie ihm noch nie gewesen war. Für sie schien es völlig normal zu sein, für ihn war es der außergewöhnlichste Zustand überhaupt. Ihre Schultern berührten sich fast. Er meinte, ihr seidiges Haar fast zu spüren. Es war brutal, in dieser Nähe zu einer äußeren Unterhaltung getrieben zu werden...

„Ich laufe, weil es schön ist...", sagte er leise. „Weil ich mich dann frei fühle. Weil mir das niemand wegnehmen kann. Und weil es ein schönes Gefühl ist, laufen zu *können* – einfach so, und so lange man will."

„Ja...", sagte sie warm. „Das verstehe ich... Aber dann weißt du es doch..."

„Ja. Wenn ich darüber nachdenke, weiß ich es irgendwie."

„Das ist wichtig ... finde ich", sagte sie weich. „Man *sollte* über die Dinge nachdenken."

„Machst du das immer?"

„Ich versuche es."

„Und *worüber* denkst du so nach?"

„Über sehr vieles. Aber auch nicht genug."

„Nicht genug?"

„Nein, sonst hätte ich vielleicht schon vorher verstanden, wie du dich am Anfang gefühlt haben musst."

„Ja, aber das war ja nicht dein Problem."

„Denkst du nur über *deine* Probleme nach?"

„Ähm ... was meinst du?"

„Ich denke, es geht um etwas ganz anderes."

„Und um was?"

„Ich denke, wir haben unendlich viele Probleme in der Welt, weil jeder nur an *sich* denkt. An ‚seine' Probleme..."

„Oh..."

„Denkst du das nicht auch?"

„Vielleicht, ja... Ich habe darüber auch noch nie nachgedacht."

„Na, wenigstens bist du ehrlich..."

Beschämt schwieg er. Das hieß dann wohl, dass er bei ihr bei Null anfing und jetzt vielleicht ein paar wenige Punkte hatte.

Sie schwiegen eine Weile, während der Bus weitere Haltestellen erreichte und Leute aus- und einstiegen. Er war wieder hin- und hergerissen zwischen der Seligkeit ihrer Nähe und der Befürchtung ihrer Abneigung.

„Das ist nicht viel, oder?", fragte er spontan.

„Was?", fragte sie überrascht. „Dass du ehrlich bist?"

„Ja."

„*Bist* du denn immer ehrlich?"

Verdutzt dachte er über diese Frage nach.

„Ich denke schon, ja. Ich weiß nicht. Auch darüber habe ich noch nie wirklich nachgedacht."

„Dann tu es doch jetzt mal. Denk darüber nach und sag mir die Antwort. Bist du immer ehrlich?"

Betroffen tat er, was sie sagte, und dachte nach. War er immer ehrlich? Sicher nicht. War überhaupt jemand immer ehrlich? Es sagte doch niemand immer die Wahrheit. Gegenüber seinen Eltern zum Beispiel log man einfach manchmal. Gegenüber den Mitschülern auch. Weil man sich schämte. Oder weil man bestimmte Fragen einfach nicht wollte. Weil manches niemanden etwas anging. Und so weiter.

„Ich glaube, es ist niemand immer ehrlich", sagte er.

„Also bist du oft nicht ehrlich."

„Was heißt ‚oft'? Und du? Du nicht manchmal?"

„Ich weiß nicht."

„Wie, du weißt es nicht. Du hast doch gerade gesagt, du denkst über solche Dinge nach?"

„Das tue ich ja auch. Trotzdem weiß man doch nicht immer alles. Ich *weiß* nicht, ob ich immer ehrlich bin. Aber ich denke schon, ja. Ich kann mich nicht *erinnern*, wann ich das letzte Mal unehrlich gewesen sein sollte..."

„Nie zu deinen Eltern?"

„Nein, ich denke nicht. Nein."

„Nie zu Mitschülern, deren Fragen oder Sprüche dir einfach nicht gepasst haben?"

„Nein, ich kann mich nicht erinnern."

„Und wie *machst* du das?"

„Da muss man doch eigentlich nichts ‚machen'. Man muss doch einfach nur sagen, wie es ist. Oder was man denkt. Ich sage dann zum Beispiel: ‚Das geht euch nichts an.' Das ist doch *ehrlich*?"

Er erinnerte sich wieder an die Szene. Berührt ahnte er jetzt, dass sie wirklich ihn hatte schützen wollen. Und berührt spürte er, dass sie selber diese konkrete Szene gar nicht meinte, vielleicht sogar vergessen hatte.

„Ja, das stimmt."

„Die Welt", sagte sie nun mit sanftem Ernst, „wäre viel *besser*, wenn alle immer ehrlich wären."

Alles in ihm dachte und fühlte: sie wäre viel besser, wenn alle ein wenig mehr wie *du* wären... Er spürte ihre Nähe so intensiv, dass er sich größte Mühe gab, sie nicht versehentlich mit seinem eigenen Körper zu berühren...

„Ja, aber dann müsste man auch *verstanden* werden."

„Verstanden? Wie meinst du das?"

„Man erzählt von sich nur etwas, wenn man das Gefühl hat, dass der andere einen auch verstehen würde."

„Aber erzählen ist doch schon viel mehr, als einfach nur ehrlich zu sein."

„Ja, aber wenn man gefragt wird, ob es einem *gut* geht, zum Beispiel, und es geht einem gar nicht gut – dann würde man das gar nicht sagen, wenn man schon weiß, dass man sowieso nicht verstanden wird."

Sie dachte ein wenig über diese Antwort nach. Dann fragte sie leise:

„Und *fühlst* du dich nicht verstanden? Von deinen Eltern? Oder wen meinst du jetzt?"

„Ja, zum Beispiel. Oder auch ‚Freunde'."

„Freunde?"

„Ja."

„Also ... du meinst Simon?"

„Ja, schon."

„Willst du darüber reden?"
Ihre weiche Stimme... Wie konnte ein Mädchen so herzensgut sein? Aber das war es ja gerade, was er selbst noch an ihrem Rücken sah und liebte. Diese unglaubliche Sanftheit... Er wollte sie aber nicht mit seinen Problemen, Gedanken, Gefühlen belasten. Und doch lag in ihren Worten ja nicht nur die Frage, ob er nun unbedingt darüber reden wolle – sondern, zumindest in diesem Moment, auch das Angebot: Mit mir *kannst* du darüber reden...

„Interessiert es dich überhaupt?", fragte er zögernd, wie einen letzten Fluchtversuch.

„Was bedeutet dieses Wort?", fragte sie sanft.

„Was meinst du?", fragte er irritiert zurück.

„Ob es mich interessiert...", erläuterte sie. „Was bedeutet das eigentlich? Ich bin nicht neugierig. Ich muss es nicht wissen. Du kannst es mir sagen. Ich würde dir zuhören. Nicht einfach nur so ‚zuhören', verstehst du? Ich würde *Anteil* nehmen... Darum geht es doch eigentlich, oder nicht? Nicht, ob einen etwas ‚interessiert'. Ich kann mit dem Wort immer weniger anfangen. Alle finden immer nur interessant, was *sie* denken – und interessieren sich nicht für das, was der Andere sagt. Also ich wollte eigentlich nur sagen, dass ich *zuhören* würde, David. Und ich meinte es auch so..."

Er war von ihren Worten und ihrer Stimme völlig erschlagen. Wusste sie eigentlich überhaupt *wie schön* sie war? Er war so berührt, dass er kein Wort herausbrachte. „Aber du *musst* nicht...", sagte sie leise.

„Also", begann er, fast ohne dass er es selbst bemerkte, denn er hatte noch nie jemandem so sehr vertraut und noch nie jemanden so sehr geliebt, „Simon und ich ... ich weiß nicht, ob wir ... je zusammengepasst haben. Am Anfang vielleicht. Aber dann ... blieb es einfach so, ich meine, blieben wir einfach so zusammen, obwohl ... obwohl es immer schlimmer wurde. Ich meine, ich will ihn nicht schlecht machen. Vielleicht bin auch *ich* schlecht, als Freund, meine ich. Weil ich es ihm nie gesagt habe. Also nicht ehrlich war. Nein, nie. Ich konnte es nicht. Ich hab mich nie getraut. Das war feige, ich weiß. Aber so bin ich nun mal... Vielleicht verachtest du mich jetzt ja doch noch... Aber du warst so lieb, Theresa, ich weiß nicht, warum ich das alles erzähle, das hat noch niemand geschafft..."
„Erzähl weiter, David...", bat sie fast flüsternd.
„Es ist einfach so", fuhr er traurig fort, „dass ich mich bei ihm fast immer einsam gefühlt habe. In letzter Zeit. Seit zwei Jahren bestimmt schon. Immer mehr. Es ist, wie wenn ‚draußen' die Freundschaft scheinbar weitergeht, aber hier drinnen alles ganz getrennt ist. Man kann nichts erzählen. Er versteht es nicht..."
„Hast du es denn mal versucht?", fragte sie vorsichtig.
„Ja, schon. Aber ich habe es ja auch gemerkt. Er hatte ganz andere ‚Themen'. Und das wurde immer stärker."
„Und was für Themen?"
„Ach, alles Mögliche. Filme, YouTube, Lieder, Sex..."
„Und was waren *deine* Themen?"
„Ich weiß nicht. Keine Ahnung. Ich hab ja schon öfter zugehört und so. Also bei Filmen, Songs und so was. Das Andere fand ich immer eklig..."

„Ja, aber was waren *deine* Themen?"

„Ich weiß es nicht, Theresa. Manchmal weiß ich selbst nicht, wer ich bin. Ich schäme mich dafür auch. Das findest du sicher auch dumm, nicht wahr?"

„Nein, gar nicht. Du weißt nicht, was deine Themen sind, aber du weißt, was *nicht* deine Themen sind, nicht wahr?"

„Ja", sagte er dankbar.

„Aber du musst doch selbst auch etwas haben..."

„Nein. Außer dem Laufen habe ich nichts. Ich bin dann *auch* oft im Internet – aber ich finde es selbst nicht gut. Ich weiß nicht, was meine Themen sind. Ich weiß nur – –"

Sie wartete so sanft, dass er es schließlich doch aussprach.

„Ich weiß nur, dass ich seit einem Jahr immer mehr nur an dich denken musste..."

„Die ganze Zeit?"

„Vielleicht nicht die ganze Zeit. Aber es war mir nichts anderes wichtig."

„Das ist aber schlecht..."

„Das ist *gar* nicht schlecht", widersprach er leise. „Es war wunderschön..."

„Aber", sagte sie verlegen, „dein Leben kann doch nicht nur aus *mir* bestanden haben..."

„Hat es aber. Eigentlich... Ich weiß auch nicht, Theresa! Ich komme dir bestimmt *doch* schrecklich dumm vor, nicht wahr?"

„Nein. Wie kann denn so was dumm sein? Aber es ist schlecht, dass du nichts anderes hast. Das ist schlecht..."

„Ich kann aber nichts dafür..."

„Wir sind da!", rief sie.

Der Bus hatte ein Waldgebiet erreicht. Er würde noch eine Station weiterfahren, aber sie war aufgesprungen, um hier auszusteigen. Schnell lief er ihr voraus, und sie schafften es gerade noch, den Ausstieg nicht zu verpassen.

„Puh, das war knapp!", sagte sie lächelnd.

„Und jetzt?"

„Jetzt gehen wir da lang." Sie wies auf einen Weg, der abseits vom Hauptweg etwas schräg in den Wald hineinführte. Er folgte ihr an ihrer Seite. Als sie in den Wald eintauchten, sangen die Vögel. Sehr schnell hörte man auch von der Straße nichts mehr.

Sie hatte zunächst nicht weiter gesprochen, und er war ihr ebenso schweigend gefolgt, berührt von ihrer unglaublich sanften Präsenz... Nun breitete sie mit dieser Sanftheit ihre Arme aus, sog einmal tief die Luft ein und schloss ihre selig zum Himmel gerichteten Augen. Dann sah sie ihn strahlend an und sagte: „Ist es nicht *schön* hier...?"

„Ja..."

„Du findest", sagte sie lächelnd, „es wahrscheinlich nur mit *mir* schön hier, nicht wahr?"

„Ja, das auch...", sagte er tief verlegen. „Aber es ist auch sonst schön..."

„Das ist schön, dass du das findest", sagte sie, während sie langsam weiterging.

Nach einer kurzen Zeit sagte sie dann: „Man kann immer etwas dafür."

„Für was?"

„Für das, was man ‚hat'." Betroffen stellte er fest, dass auch jetzt wieder ihre sanfte Sorgfalt nichts verlorengehen ließ. „Du sagst, du hast nichts – nichts, was dich interessiert. Außer Laufen. Aber das kann doch nicht sein, David. Du bist doch ein ... du bist doch ganz anders als die anderen Jungen. Ich meine, wenn ein Bernd oder so nichts Wirkliches hat außer sein Handy und so weiter, dann würde ich das verstehen. Aber du? Wie kann das sein?"

Beschämt ging er an ihrer Seite und wagte nicht einmal, zur Seite zu blicken...

„Ich verstehe das nicht!", sagte sie.

„Vielleicht", murmelte er, „hatte Simon ja einen schlechten Einfluss auf mich..."

„Pfui, schäm dich!", sagte sie warm und streng zugleich. „Wie kannst du ihn *beschuldigen*? Er ist für sich verantwortlich, aber du doch für dich! Das finde ich nicht schön..."

Er versank vor Scham im Boden und wagte nicht einmal eine Entschuldigung.

„Verstehst du das denn?", fragte sie leise drängend.

„Ja!", stammelte er nun verzweifelt. „Ja, natürlich! Es tut mir so leid. Bitte verzeih mir, Theresa!"

Sie sah ihn zuerst überrascht, dann sanft an. In ihren Augen sammelte sich Mitleid.

„David...", sagte sie beruhigend. „Ich möchte dir einmal sagen, dass du vor mir keine *Angst* haben musst... Ja?"

Er nickte beschämt.

„Und gleichzeitig", fuhr sie fort, „wird es so doch nichts mit dem Ehrlichsein, David. Du kannst dich doch nicht einfach nur deshalb für etwas entschuldigen, ganz verzweifelt, weil du Angst hast, dass ich dich dann nicht mehr mag!"

Sie sah ihn innig fragend an – und er schämte sich noch immer zutiefst.

„Wie kann man denn", fragte sie warm, „so viel *Angst* haben, David...?"

„Können wir weitergehen?", bat er leise.

„Ja, natürlich."

„Du weißt nicht", sagte er nun ebenso leise, „wie *wichtig* du mir bist. Du weißt nicht, wieviel Angst ich davor habe, dies zu sagen... Du weißt nicht, wie glücklich ich bin, dass ich mich das überhaupt traue. Dass ich jetzt neben dir gehe – und du ... du mit mir dies alles gemacht hast, dass ich dir so sehr

vertraue... Theresa, ich – – du weißt nicht, *wieviel* Angst man haben kann. Die Angst kann unendlich sein, weil..."
Er wagte es nicht weiterzusprechen.
„Weil", sagte sie leise, „man jemanden nicht verlieren will..."
„Ja", sagte er zutiefst dankbar. „Ja... Man will jemanden nicht verlieren... Man könnte ohne jemanden nicht mehr leben... Das könnte man nicht mehr..."
Betroffen schwieg sie. Dann sagte sie leise und weich: „Aber man braucht vor jemandem keine *Angst* zu haben. Dieser Jemand *möchte*, dass man keine Angst mehr hat..."
Er war so berührt, dass er wieder nur schweigen konnte, in zartem, ungläubigem Staunen des Herzens...
„Ja?", fragte sie zart. „Hat der andere Jemand das gehört und auch verstanden..."
„Ja...", antwortete er kaum hörbar. „Er hat es verstanden..."
Ein tiefer Friede breitete sich in ihm aus, um ihn, eine Dankbarkeit, ein Glück, heiliges Staunen...

„Es ist", sprach sie in diesem heilig gedämpften Ton weiter, „eigentlich wunderschön, so mit jemandem zusammen durch den Wald zu gehen. Auch mit *diesem* Jemand... Aber das Wort ‚jemand' ist auch wunderschön. Eigentlich müsste man sich viel mehr umeinander kümmern. Jemand um jemanden... Jemand müsste dem anderen Jemand zuhören. Und jemand dürfte nicht allein sein... Jeder müsste jemand haben, einen Jemand... Der eine Jemand müsste für den anderen Jemand da sein... Dann wäre die Welt schön. So etwas denke ich oft. Aber ich habe es nie mit diesem schönen Wort gedacht. Ich habe es erst eben entdeckt. Durch dich..."
„Aber ich habe doch gar nichts gemacht", sagte er verlegen.
„Das macht nichts. Manchmal muss man nichts machen, damit jemand etwas entdeckt. Dann hat trotzdem der andere Jemand einem geholfen. Einfach nur, weil er da war..."

Er war wie bezaubert von ihrer Art zu sprechen.

„Es gibt niemanden, der so ist wie du, Theresa...", sagte er leise.

Sie lächelte.

„Es gibt auch niemanden, der so ist wie du. Jeder ist einzigartig. Es gibt nicht zwei gleiche Jemande..."

Sie gingen eine Weile schweigend nebeneinander. Dann sagte sie:

„Viele Jemande haben nichts außer Handy und Internet. Und das ist schlimm. Denn dann hören sie auf, herauszufinden, welcher Jemand *sie* sind. Das Internet und all das macht die Jemande un-jemandisch. Dann werden sie immer gleicher. Nicht mehr unverwechselbar, sondern – verwechselbar. Dann ist jemand wie jeder. Keiner ist mehr ein Jemand. Das ist sehr, sehr schlimm..."

Er schämte sich wieder.

„Und deswegen", fuhr sie fort, „braucht jeder vieles, was ihn interessiert. Und zwar wirklich – nicht nur als dummer Spaß, der aus vielen Jemanden lauter gleiche Niemande macht. Ich verstehe nicht, was sie alle mit den Handys machen. Die Handys machen was mit *ihnen*. Sie nehmen ihnen das Jemandsein weg. Und das ist alles viel schlimmer, als jemand denkt. Viel, viel schlimmer."

Leise sagte sie nun:

„Du hast selbst gesagt, dass du manchmal nicht weißt, wer du bist, David. Ich frage mich das oft. Was ist mit all diesen Menschen, die nur noch ihr Handy haben? Ich verstehe nicht, wie man sich für nichts außer das interessieren kann! Und natürlich Partys! Ich meine, was soll man da erleben? Besteht das Leben denn aus Handys und Partys? Das hört doch nie auf! Aber es fängt auch nie etwas an! Es ist sinnlos – und niemand merkt es. Ich meine, ich hätte nicht gedacht, dass du auch auf diese Partys gehst. Aber was *bringt* das?"

„Ich", sagte er schnell, „bin nur hingegangen, weil ... wegen dir..."

„Wegen mir?", fragte sie völlig fassungslos. „Wie ist *das* denn möglich?"

„Simon hat mich...", erzählte er traurig, „eine Weile damit belagert. Man könne dort ‚üben', so hat er es genannt. Mit Mädchen, verstehst du? Man könnte dort üben, mit Mädchen zu reden – oder sie anzumachen oder so. Ich wollte das gar nicht... Aber ich hätte auch nie gewagt, dich anzusprechen, Theresa. Und dann war ich schließlich so verzweifelt, dass ich *doch* hingegangen bin..."

„Um zu üben?", fragte sie noch immer entgeistert.

„Ich wollte das gar nicht!", wiederholte er gequält.

Sanft fragte sie nun:

„Aber wieso muss man das denn *üben*, David?"

„Weil man einfach nicht weiß, wie es geht! Weil man solche Angst hat! Angst ... jemanden zu verlieren... Kannst du das nicht verstehen, Theresa?"

„Doch...", sagte sie leise.

Dankbar ging er schweigend neben ihr.

„Und...", fragte sie dann fast verlegen. „*Hast* du ... üben können?"

„Nein..."

„Warum nicht?"

„Ich wollte es nicht. Ich habe mich nicht getraut. Aber ich wollte ja auch von keinem Mädchen etwas..."

„Aber man kann sich doch trotzdem füreinander interessieren."

„Ja, aber auf einer Party kann man sich sowieso nicht unterhalten."

„Ja, das meine ich eben. Und trotzdem wollen alle hin. Was wollen sie da?"

„Die anderen haben alle Spaß. Sie tanzen. Sie unterhalten sich, trotzdem, schreiend. Sie trinken Alkohol..."

„Hast du auch Alkohol getrunken?"
„Ja, etwas."
„Und warum?"
„Es wurde mir empfohlen. Und ich wollte es dann einmal ausprobieren."
„Weil es dir empfohlen wurde?"
Er erinnerte sich zurück. Martin hatte ihm die Flasche freundlich *hingehalten.*
„Es war meine eigene Entscheidung. Ich wollte es *einmal* ausprobieren."
„Und wie war es?"
„Ja... Schön, es ... es nimmt einem die Angst... Es macht wirklich lockerer."
„Ja, aber das ist doch schlimm, wenn so etwas nur mit Alkohol geht. Mit einem Gift, David!"
„Ja, kann sein", murmelte er.

„Und es macht lockerer?"
„Ja."
„Und dann macht niemand etwas, was einem hinterher leidtut?"
„Was meinst du?", sagte er tief beschämt.
„Na, es gibt doch so Filme. Man weiß doch, wie das ist... Dass man dann jemanden küsst, den man gar nicht küssen wollte. Oder im Bett von jemandem aufwacht... Ist immer alles ganz toll, nur dass man sich *ohne* Alkohol nicht getraut hätte?"
Ihm stieg das Blut in den Kopf, so sehr schämte er sich.
„Warum wirst du denn rot?", fragte sie verwundert. „*Bist* du in irgendeinem Bett aufgewacht?"
„Nein...", stotterte er. „Aber ... ich will darüber nicht reden, Theresa..."
„Aha. Okay..."
Sie gingen eine Weile schweigend. Und er fand es furchtbar, dass etwas zwischen ihnen stand.

111

Er hielt das Gefühl nicht aus, und schließlich brach es aus ihm heraus:

„Ich sag es dir, wenn du mich nicht verachtest, Theresa."

„Du musst es mir nicht sagen, David. Ich verachte dich auch nicht."

„Auch nicht, wenn ich es dir sage?"

„Das meinte ich doch gerade. Ist es denn so schlimm?"

„Ich wollte es nicht... Auf einmal setzte sich ein Mädchen zu mir. Sie war sehr schön. Und sie fragte, ob wir uns küssen wollen. Ich war völlig irritiert. Sie wollte enttäuscht schon wieder gehen, da habe ich sie zurückgehalten. Und dann hat sie mich geküsst... Wir haben uns geküsst... Und dann ... hat sie aufgehört, hat gegrinst und gesagt ‚Und Tschüss!'. Und ist zu ihren beiden Freundinnen gegangen, und sie haben alle drei über mich gelacht..."

Sie brauchte einige Momente, bis sie ganz und gar fassungslos sagte:

„*Das* hat jemand mit dir gemacht!?"

„Ja..."

„Aber – das ist ja *furchtbar*!"

„Ja ... es war der schlimmste Tag meines Lebens..."

„Furchtbar...", flüsterte sie wieder. „Wer kann denn so etwas tun?"

„Sie ist an unserer Schule."

„Das kann doch nicht sein! Wer *macht* so etwas!?"

„Ein Mädchen aus der 10d. Sie heißt Cynthia..."

„Cynthia? Ich glaube, ich weiß, wer das ist. Ja – ich weiß es, glaube ich. Wie kann sie nur so etwas tun?"

Er schwieg in tiefster Scham.

„Und wie kann man darüber dann noch lachen? Ich – – o, *Gott*, wenn ich mir das vorstelle!"

Ihr Entsetzen tat gut, es tröstete sein wundes Herz...

„O, Gott, nein..."

Ihre sanfte Vorstellungskraft tauchte tief leidend noch immer in das Szenario ein.

Dann sah sie ihn voller aufrichtigem Mitleid an und fragte: „Verstehst du jetzt, was ich meinte, David? Ja, du hast es von Anfang an verstanden... Siehst du? Wie furchtbar..." Sie ging wenige Schritte schweigend. Dann konnte sie es noch immer nicht fassen. „Der schlimmste Tag in deinem Leben! Du Armer... Es tut mir so leid..." Dann bekam sie noch einen tieferen Schrecken. „Und du hast sogar *gesagt*, dass du nur wegen mir dort warst! O, Gott, David – verzeih mir...!"

Diese Worte von ihr machten ihn zutiefst betroffen. „Theresa ... wie kannst *du* mich denn um Verzeihung bitten? Ich kann höchstens dich um Verzeihung bitten."

„Du mich?", fragte sie entsetzt. „Warum denn?"

„Ich wollte das nicht. Ich habe ein Jahr lang nur an dich gedacht, Theresa. Die ganze Zeit... Ich wollte das nicht..."

„Aber du musst mich doch nicht um *Verzeihung* bitten, David!"

„Ich wollte das nicht... Ich komme mir so schlimm vor. Es ist furchtbar... Nie wieder rückgängig zu machen..."

„Du kannst ja nichts dafür..."

„Doch. Ich war ... am Ende ja nicht unschuldig. Aber dafür schäme ich mich so!"

„Vergiss diesen einen Tag einfach. Cynthia ist ein schlimmer *Mensch*. Aber es sollte nicht der schlimmste Tag in deinem Leben sein."

„Theresa?", sagte er leise.

„Ja?"

„Es war der schlimmste Tag bis *dahin*... Der allerschlimmste war dann ... als ich ... als ich glauben musste ... glaubte ... du würdest *gar nichts* von mir wissen wollen. Nichts... Verstehst du? Vorgestern... Vorgestern war der allerschlimmste Tag in meinem ganzen Leben..."

Betroffen blieb sie stehen und sah ihn an.

„Du bist einfach weggegangen, David! Ich hab dich doch noch gerufen..."

Sie hatte bestürzte, von Schuldgefühlen und Mitleid getränkte Augen. Sie war so unendlich schön...

„Es war nicht *deine* Schuld, Theresa. Bitte denk das nicht. Ich ... ich war nur völlig verzweifelt. Ich wusste nicht mehr, was ich machen sollte. Ich ... ich habe sogar die Selbstmörder verstanden..."

„Du hast daran gedacht, dich umzubringen!?", fragte sie tief entsetzt.

„Nein", sagte er leidvoll. „Aber ich habe es mir vorgestellt. Ich habe daran gedacht ... aber nicht konkret. Ich habe nur daran gedacht, wie es wäre. Ob ich dann irgendjemandem leidtun würde. Ob mich irgendjemand vermissen würde. Ob ... ob du gewusst hättest, wie sehr – –"

„O, Gott, David...", flüsterte sie entsetzt. „Wenn ich daran denke, dass du dich fast wegen mir – – Ich ... ich war vorgestern wirklich furchtbar zu dir, David, bitte verzeih mir! Jetzt aber wirklich, diesmal wirklich, David..."

„Du musst mir nichts sagen, Theresa, und ich muss dir nichts verzeihen. Ich hatte nie ein Recht, irgendetwas von dir zu verlangen – und das habe ich auch nie. Ich wollte nur..."

„Ja, und ich war so unempfindsam, dass ich das nicht verstanden habe, David. Du *musst* mir verzeihen! Ich halte es sonst nicht aus..."

„Dann musst du...", sagte er leise, „mir bitte auch verzeihen, dass ich ... dass ich ein anderes *Mädchen* geküsst habe..."

Sie sah ihn mit großen Augen an.

„Aber – –"

„Bitte, Theresa... Ich bitte dich so sehr darum... Es geht gar nicht darum, ob ich dich jemals irgendwann einmal ein einziges Mal küssen darf... Es geht nur darum, dass – o, Gott, Theresa, bitte verzeih mir dies! Es geht nur darum, dass du mir verzeihst, dass du nicht ... dass du nicht die Erste ... und die Einzige warst..." Sein Herz zitterte vor flehender Bitte, er musste aufsteigende Tränen bekämpfen. „Du *solltest* es sein... Ich *wollte* es, ich wollte nichts anderes, Theresa! Bitte versteh doch! Es ist egal, was du *nicht* willst. Ich will nur, dass du mir verzeihst. *Bitte!*"

In größter Bestürzung und Berührung sah sie ihn an. Dann sagte sie in einem Meer von Mitleid und Sanftheit: „Ich verzeihe dir, David... Und ich habe noch nie so eine Liebe gesehen wie deine..."

Nun schossen ihm die Tränen in die Augen. Er konnte nichts dagegen tun. Sie waren bereits da, bevor er es merkte.

„Danke, Theresa...", sagte er erstickt.

Dann musste er seine Hände zu Hilfe nehmen, um sein Gesicht vor ihr zu verbergen...

Unendlich sanft, fast schüchtern, fühlte er sich von ihr umarmt. Er wagte nicht, sich zu rühren. Dann, nach einigen wenigen, unendlich schönen Momenten, gab sie ihn verlegen wieder frei...

Sein Herz zitterte vor der unsäglichen Zartheit und Einzigartigkeit des Augenblicks.

Und dann sagte sie leise:

„Jetzt verzeih auch du mir bitte, David..."

„Ja, natürlich, Theresa."

„Nein, nicht ‚natürlich', sondern, wenn du es ehrlich meinst, dann bitte mit: ‚Ich verzeihe dir, Theresa.'"

Bestürzt sah er sie an. Dann sprach er die Worte, die fast nicht über seine Lippen kommen wollten, weil er es so sehr nicht begreifen konnte:

„Ich verzeihe dir, Theresa..."

„Danke, David!", sagte sie von Herzen.

„Aber verstehst du denn nicht", sagte er betroffen, „dass du mir jeden, jeden Tag neu immer wieder die *schönsten* Tage meines Lebens geschenkt hast? Und dass ... dass ich nur

Angst habe, dass ... dies, heute, schon der allerschönste Tag gewesen sein könnte..."

Betroffen sah sie ihn wieder an.

„Du hast ja schon *wieder* Angst...", sagte sie leise.

„Ja..."

„Aber David... Wenn es so ist, wie du sagst... Dies war nicht der letzte Tag... Das verspreche ich dir."

*

Als er an diesem Tag im Bett lag, waren seine Empfindungen unbeschreiblich. Er erlebte das sagenhafte Glück, das es bedeutete, Zeit mit einem *Mädchen* zu verbringen – einem Mädchen, das man unendlich liebte, mit jeder Faser seines Herzens, seiner Seele, seines Körpers. Sie war das Allerschönste, was ihm je begegnet war. Er verehrte ihr Wesen mit allem, was er hatte. Und nun hatte sich dieses Wesen ihm *zugewandt*, es nahm seine unendliche Liebe an, wies sie nicht völlig ab. Und sie selbst war so sanft, so lieb, so heilig-schön! Seine Seele lebte in einem absolut heiligen Reich...

Die Ernüchterung kam bereits eine Woche später. Sie hatte ihn noch einmal mit in den Wald genommen, diesmal sogar an einem Samstag. Er hatte schon geahnt, dass es etwas Ernstes sein würde, was sie mit ihm zu besprechen hatte. Und so hatten ihn entsprechende Befürchtungen bereits begleitet, als er *sie* begleiten durfte, wieder so nah bei ihr... Als sie schließlich ausstiegen, breitete sie nicht glücklich und tief entspannt die Arme aus, sondern ging nachdenklich den Hauptweg entlang und bog dann auf einen anderen Weg ein.

Er folgte ihr wie ein unglückliches Hündchen, denn er bemerkte die Veränderung natürlich sehr deutlich. Er wusste nicht, was in ihr vorging, nur, dass sie sehr nachdenklich und dadurch schweigsam war.

Als sie den Seitenweg erreicht hatte und hier wieder die nur von Vogelgezwitscher beseelte Stille des Waldes sie umfing, begann sie zögernd zu sprechen.

„Und ... wie geht es dir, David?"

„Mir?", fragte er furchtsam. „Gut..."

„Aha...", sagte sie leise. Und dann fügte sie fast unmittelbar hinzu: „Mir geht es nämlich nicht gut..."

„Ist es...", brachte er hervor, „wegen mir − −"

„Ja... Schon..."

Er fühlte, wie eine Welt begann, zusammenzubrechen, ohne dass er etwas tun konnte. Er fühlte sich hilflos, wie eine Krake mit zehn Armen, die aber alle gelähmt waren.

„Und weswegen...", wagte er, ganz leise zu fragen.

„Ich weiß nicht, wie ich es erklären soll", antwortete sie unglücklich. Dann lächelte sie einmal verlegen. „Ich finde, es ist immer fast am schwersten, etwas zu erklären, wenn man jemanden nicht verletzen will..."

Er war berührt, dass dieses eine Wort wieder auftauchte. Hatte sie es bemerkt?

„Ist es", fragte er zögernd, „sehr *schlimm* mit diesem Jemand...?"

Sie sah ihn kurz an, sanft überrascht lächelnd, ihr Blick enthielt so viel...

„Ja...", sagte sie dann weich. „Ja, es ist sehr schlimm mit diesem Jemand..."

„Und was hat er getan...", fragte er vorsichtig.

Wieder lächelte sie, diesmal hilflos und ohne den Blick von dem Weg vor ihr abzuwenden.

„Ja, was hat er getan...", wiederholte sie leise für sich, nachdenklich. „Vielleicht geht es manchmal gerade darum, was man nicht tut..."

Er war bestürzt. Das Gefühl der Hilflosigkeit wuchs.

„Und was habe ich *nicht* getan?", fragte er leise.

Sie ging eine ganze Weile schweigend neben ihm. So lange, dass er fast fürchtete, sie erwartete, dass er selbst darauf käme. Aber dann, kurz bevor er es nicht mehr aushalten konnte, begann sie unvermittelt zu sprechen.

„Manchmal denke ich", begann sie leise, „man ist immer allein. Und bleibt es auch. Jeder ist allein. Aber die meisten merken es nicht. Nur man selber merkt es. Verstehst du? Man selber merkt es – und alle anderen scheinen es nicht zu merken."

Sie ging einige Schritte schweigend.

„Sie haben ja ihre ‚Dinge'", setzte sie dann in dieser nachdenklich-traurigen Weise fort. „Diese ‚Dinge', weißt du? Handy oder Fernseher ... oder Party oder diese Gespräche. Weißt du? Diese Gespräche, die aus Sprüchen und so weiter bestehen. Aus Hin und Her und dann hat man alles besprochen und nichts gesagt. Man weiß die neuesten Videos und die neuesten Songs und die neuesten Nachrichten über die Stars – und man weiß nichts über sich selber... Und man weiß auch nichts über den Anderen. Das ist *überall*."

Betroffen ging er neben ihr, und wieder ging sie in tiefem Schweigen einige Schritte, und er spürte, wie sehr sie unter dem litt, wovon sie gerade sprach.

„Überall, verstehst du, David? Überall haben sie diese ‚Dinge', mit denen sie zufrieden sind, diese oberflächlichen Gespräche, mit denen sie zufrieden sind, diese oberflächlichen *Beschäftigungen*, sogar sinnlosen Beschäftigungen – und *das war es*! Und keiner merkt es! Keiner merkt, wie sinnlos das ist, was er tut. Wie leer... Ja ... wie leer...“

Sie ging wieder eine kleine Weile schweigend und hob einen Zweig auf, der auf dem Weg lag. Sie betrachtete ihn und sagte dann:

„Dieser Zweig hier... Niemand interessiert sich für ihn, nicht wahr? Aber *warum* nicht? Guck doch, wie schön er ist... Es ist eigentlich *alles* schön. Aber... Weißt du, manchmal denke ich, dass mich selbst dieser Zweig mehr interessiert, als andere Leute das Schicksal der ganzen Welt interessiert! Dass zum Beispiel die Regenwälder völlig vernichtet werden – mit allem, was drin ist. Alles!“ Sie hielt den Zweig vor sich. „Dies ist nur ein *Zweig*, David. Weißt du, was alles in einem Regenwald ist? Und es *interessiert* niemanden! Und dies hier, weißt du, dies ist *nur* ein Zweig! Und ... und ich interessiere mich schon für ihn. Er ist eben auch da. Und er ist auch schön und wichtig. Aber – aber das *versteht* niemand!“

Sie behielt den Zweig in ihrer Hand und ging weiter.

„Die ganze Erde“, sagte sie leise, „könnte komplett *vernichtet* werden – und es würde niemanden interessieren.“

„Das“, wagte er nun einzuwenden, „denke ich doch...“

„Ja!“, sagte sie in leidvollem Sarkasmus, „wenn es auf einmal einen *selbst* betrifft! Wenn man nicht mehr mit dem Handy spielen kann, weil *direkt neben einem* die Welt untergeht. Dann beginnt man, sich dafür zu ‚interessieren'! Nennst du *das* Interesse? Das ist *Eigen*interesse! Es ist krankhafter Egoismus. Das ist es, was ich meine. Es ist überall diese Leere. Diese völlige Leere. Alles ist leer. Und die Leute wissen nicht einmal mehr, was Interesse *ist*."

„Und", fragte er zögernd, „das ist auch mit *mir* das Schlimme?"

Er war bereits erleichtert, dass es nicht nur ihn betraf, sondern offensichtlich jeden – dass er einfach nur keine Ausnahme war...

„Ja..."

„Und was soll ich tun, Theresa?"

Wieder schwieg sie schmerzlich.

„Ich hab es", sagte sie dann leise und traurig, „doch eben gesagt... Du brauchst dich natürlich für nichts zu interessieren. Und man kann es auch niemandem beibringen. Aber die Welt wird untergehen, wenn es niemand lernt. Aber warum sollte man es lernen... Wenn man so glücklich *ohne* ist. Alle sind glücklich mit ihren ‚Dingen', die ich aufgezählt habe. Alle sind zufrieden. Sie *merken* gar nicht, wie schlimm alles ist. Und selbst wenn sie es merken würden, würde es sie gar nicht interessieren. Es kommt ja in den Nachrichten. Man *weiß* es also – und merkt es immer noch nicht! Und interessieren, wirklich interessieren, tut es einen *erst recht* nicht. Ich kann das nicht verstehen..."

In tiefster Traurigkeit hatte sie diese kleine Rede beendet. Den kleinen Zweig hielt sie noch immer in ihrer Hand...

„Manchmal...", begann sie leise nun wieder, „sagen mir Andere, wie sehr ich alles verstehen kann. Sie selbst zum Beispiel. Es fällt ihnen auf... Anscheinend fühlt man sich bei mir wohl – und verstanden. Aber *ich*, David, verstehst du, ich *bleibe* einsam... Denn mich versteht keiner. Nein... Keiner..."

Er war von dem Moment, wo sie ihn ansprach, zutiefst erschüttert. Bei diesen Worten, bei diesem ‚aber ich, David', hatte er in kleinsten Bewegungen ihres Armes, ihrer ganzen

Gestalt ihre ganze unglaubliche Hilflosigkeit und Sehnsucht wahrgenommen. Unauslöschlich blieb dieses Bild in seinem Herzen haften, und alles in ihm sehnte sich danach, ihr in dieser Hilflosigkeit *beizustehen*.

„Und du, David", sagte sie nun leise, „machst es also auch nicht anders als die Anderen. Nicht schlechter. Aber auch nicht besser. Ich ... hatte es nur irgendwie *gehofft*, weil..." Sie ließ den Satz unvollendet und setzte neu an. „Ich ... will dich wirklich nicht verletzen, David. Ich sehe ... wie sehr du mich liebst. Und ... es tut mir sehr leid, dass ich etwas ganz anderes will. Aber verstehst du mich denn wenigstens *auch*? Ich ... habe nicht gewusst, dass einen jemand *so* lieben kann. Aber ... ich will doch nicht ,*angehimmelt'* werden! Ich meine ... das sollte nicht verletzend sein, David! Es ist eigentlich etwas Wunderschönes. Wirklich... Aber was nützt diese ... Liebe, wenn ... verstehst du, David, wenn ... man trotzdem *allein* bleibt? Ja ... das ist es eigentlich, was ich ... dir sagen wollte..."

Er war wie erschlagen. Erschlagen und völlig hilflos. Er sah ihre eigene Not, er spürte ihre Bitte – aber er war nicht in der Lage, etwas zu erwidern. Als auch das Schweigen ihn fast erschlug, brachte er in seiner eigenen Not hervor: „Bitte sag mir, was ich machen soll, Theresa. Ich *will* ja tun, was ... was du möchtest. Ich will ja... Verstehst du?"
Berührt sah sie ihn an.
„Du willst ja?", wiederholte sie unsicher.
„Ja...", erwiderte er dankbar.
Schweigend ging sie weiter.
„Ich hätte nicht gewusst", sagte sie leise, „was ich machen soll, wenn du das nicht gesagt hättest... Und *jetzt*? Was machen wir jetzt?"
Er war so unendlich dankbar, wie sie dieses ,wir' sagte und dass sie es überhaupt sagte.

„Bitte *hilf* mir, Theresa. Ich versuche es. Ich möchte so gerne, dass du ... dich nicht mehr allein fühlst..."

„Danke, David. Danke, dass du das sagst. Das ist unglaublich schön. Aber ... du verstehst, dass es nicht leicht ist, oder? Man *kann* es doch nicht beibringen – wie soll ich es denn machen? Wenn ich ... wenn ich es könnte, hätte ich es doch schon jedem *versucht* beizubringen!"

„Aber", fragte er besorgt und zögernd, „ist es ... schon ein ... Anfang, wenn man es zumindest möchte?"

„Ja", erwiderte sie weich. „Ein Anfang ist es auf jeden Fall. Denn wenn man es nicht einmal wollen würde..."

Sie sah ihn einmal kurz fast schüchtern an. Dann hielt sie den Zweig hoch, den sie noch immer hatte.

„Siehst du – dieser Zweig hier... Das ist auch so etwas. Ich weiß nicht mal, wie ich ihn wieder *fallenlassen* kann. Manchmal glaube ich, ich bin verrückt oder so etwas. Andere interessiert die ganze *Welt* nicht – und ich kann nicht einmal einen *Zweig* fallenlassen!"

Sie drehte den Zweig ein wenig hin und her und betrachtete ihn liebevoll. Dann sah sie ihn wieder kurz an.

„Es hat damit zu tun, dass ich ihn aufgehoben habe, verstehst du? Wie kann ich ihn dann wieder fallenlassen? Andere können das einfach. Sie heben etwas auf ... und lassen es wieder fallen. Fertig. Da fröstelt es mich fast immer ein bisschen. Ich verstehe es nicht – weil ich es nicht kann! Es ist lieblos, verstehst du? Interesselos. Ohne jedes wirkliche Interesse. Und deswegen ist *das* vielleicht der Anfang."

Sie hielt den Zweig einmal kurz vor sich, wie eine stolze winzige Standarte, aber sanft und liebevoll. Während sie ihren Arm wieder sinken ließ, sagte sie:

„Vielleicht ist es ja *immer* umgekehrt. Vielleicht liebt man nicht am Ende noch den kleinsten Zweig – sondern vielleicht interessiert man sich für die ganze Welt erst dann, wenn man am Anfang sogar den kleinen Zweig liebt. Vielleicht ist es ja gerade deshalb alles so schlimm, weil nicht mal das irgendjemand noch kann. Einen Zweig aufzuheben... Und dann nicht wissen, wie man ihn wieder loslassen soll, weil es doch einen *Grund* gab, dass man ihn aufhob. Ich meine, noch der kleinste Zweig ist doch schöner als ein Handy, als irgend so ein Video, irgendeine dumme Party, als diese ganzen ‚Smileys' und ‚Likes' und diese oberflächlichen Gespräche und so weiter. Dieser kleine Zweig hier", sie hielt ihn wieder kurz hoch, „ist *mehr* wert als alles sinnlose Zeug der Welt. Und *das* müsste man spüren... Und dann könnte man ihn auch irgendwann nicht mehr fallenlassen..."

„Und was machst du jetzt?", fragte er vorsichtig, weil ihm dies wirklich zu einem Rätsel geworden war.
Sie sah ihn an und lächelte. Wie war es nur möglich, dieses Glück zu erleben – den Blick ihrer Augen? Wie hatte er es nur verdient, diesen immer wieder zu bekommen? Er *hatte* es nicht verdient. Aber er wollte alles dafür tun, damit sie ihm diesen auch weiterhin schenken würde. Eine unverdiente Gnade. Ein absolutes Geschenk. Etwas Heiliges...
„Ich habe", sagte sie lächelnd, „gesagt ‚fallenlassen'. Wenn ich es nicht schaffe, kann ich noch immer etwas anderes machen. Stell dir vor, der Zweig ist ein Lebewesen. Ein kleines Tier oder ein Baby. Könntest du *das* fallenlassen? Einfach so? Man hat doch eine Beziehung zu ihm aufgebaut. Das klingt jetzt so komisch, aber ich meine, sie ist einfach entstanden. Er hat vielleicht auch eine Beziehung zu einem aufgebaut. Ich meine, auf irgendeine Weise. Es ist doch nicht *gleichgültig*, ob ich ihn aufhebe oder nicht. Auch für *ihn* vielleicht nicht... Aber ... ich kann mich immer noch liebevoll von ihm verabschieden..."
Sie legte ihn am Wegrand nieder. Er sah die Weichheit ihrer Bewegungen. Er *sah*, wie liebevoll sie es getan hatte.

Dann sah sie ihn an.

„Du hältst das für dumm, oder?"

„Nein!", widersprach er heftig.

„Aber dir wäre es egal, nicht wahr?"

Er fühlte sich durch ihre sanfte Wahrheit in die Enge gedrängt.

„Mir ist es nicht egal, wie *du* es machst..."

Sie lächelte verlegen und schwieg eine kleine Weile.

„Es ist", sagte sie dann weich, „mit dir sehr schlimm, aber auch sehr schön... Man darf gar nicht daran denken, was andere Jungen gesagt hätten. Oder gedacht! ‚Lass doch diesen blöden Witz-Stock fallen, du Mädchen!', oder so etwas. Ist dir das mal aufgefallen? Dass ‚Mädchen' ein Schimpfwort ist? Wir Mädchen würden nie ‚Junge' zu einem Schimpfwort machen. Ich finde es schlimm, wie Jungen sich verhalten. Das ist schlimm genug. Man muss daraus nicht noch ein Schimpfwort machen. Aber dass es ein *Schimpfwort* sein könnte, wenn man nicht unempfindsam und brutal genug ist – das kann ich nicht fassen..."

„Ja, das finde ich auch sehr schlimm", sagte er, glücklich, einmal von Herzen auf ihrer Seite zu stehen und etwas zu haben, was ihn mit ihr verband...

„Siehst du, und es gibt nicht viele Jungen, die so sind wie du – deswegen ist es um so schlimmer, dass du nichts hast, wofür du dich interessierst und was auch wirklich wichtig ist. Das passt für mich gar nicht zusammen. Ich verstehe immer noch nicht, wie das möglich ist..."

„Ich verstehe es schon...", sagte er leise. „Ich glaube, du hast Recht, Theresa. Es ist, wie du sagst. Es interessiert einen einfach nichts. Ich weiß auch nicht, wo das Interesse plötzlich herkommen soll. Man macht einfach, was alle machen. Und dadurch wird man so, wie man ist..."

Sie sah ihn überrascht an.

„Aber dass du jetzt so was *sagst* zum Beispiel – das ist *wieder* etwas sehr Schönes. Dass du dir solche Gedanken machst. Über dich selbst – und über das. Bitte mach das öfter..." Sie warf ihm einen ermutigenden, auch leise verlegenen Blick zu. „Ansonsten", fuhr sie fort, „ist es natürlich ganz furchtbar, was du sagst. Denn das ist es ja gerade. Das Schlimme ist, dass man ‚wird, wie man ist', weil man bloß einfach alles *nachmacht*. Weißt du, was man dann ist? Ein Nachmacher! Das ist doch auch ein Schimpfwort? Aber keiner merkt, dass sie *alle* Nachmacher sind. Jeder denkt wahrscheinlich, dass er so unglaublich toll ‚er selbst' ist. Aber keiner ist er selbst – oder ganz, ganz schlimm. Denn es ist *schlimm*, wenn man man selbst ist und kein Interesse hat. Man sollte sich lieber wünschen, dass man dann noch lange nicht man selbst ist... Aber wer ist man *dann*? Das ist die Frage..."

Ihre letzte Frage führte fast dazu, dass sich ihm der Kopf zu drehen begann – abgesehen davon, dass sie ihm sowieso immer schon den Kopf verdrehte, ohne es zu wollen. Nun aber erreichten ihre Fragen Bereiche, mit denen er sich erst recht noch nie beschäftigt hatte.

„Wer ist man dann, David? Das ist auch so etwas, was ich mich frage. Ob irgendjemand überhaupt weiß, wer er ist, oder ob ... ob es nicht vielleicht eine geheime Macht gibt, die uns daran *hindert*, dass wir wir selbst werden. Ich meine, das könnte doch sein? Dass die Handys und all das nicht *zufällig* erfunden wurde, sondern dass es gerade darum geht, den Menschen das Interesse für die Welt auszutreiben, indem ... indem man irgendeine andere Welt schafft. Die Welt der Filme, des Internets, der Handys überhaupt, der Partys, der coolen Sprüche und all das. Man schafft *diese* Welt – und die andere, die *echte*, die einzig echte, die wirkliche, diese hier", sie machte eine leise hilflose Bewegung, „spielt keine Rolle mehr. Ist das denn *Zufall*? Nur Zufall?"

Nun war er endgültig von ihr abgehängt worden. Er konnte dem Sinn ihrer Gedanken zwar noch folgen, aber es war zu hoch für ihn, zu weitreichend. Etwas in ihm schaffte es nicht mehr, ihr auch *wirklich* zu folgen.

Sie sah es, und ihre Augen wurden wieder traurig und weich. „Und siehst du – das meine ich... Auch darüber denkt niemand sonst nach. Es ist alles, wie es ist – und das reicht den anderen. Allen... Und viele würden mich sogar für verrückt halten. Ich bin froh, dass ich das in deinen Augen nicht gesehen habe, David. Das ist *auch* schön... Es ist vieles an dir unglaublich schön. Das habe ich nicht mal erwartet. Und man konnte es auch nicht erwarten, weil man nie erwarten kann, wie jemand *wirklich ist*. Manches kann man sehen und manches nicht. Und deswegen kann man auch nur enttäuscht werden, verstehst du? Wenn man alles sehen könnte, könnte man nie enttäuscht werden. Ist dir das schon mal aufgefallen? Aber das bedeutet, es gibt auch Geheimnisse. Das ist auch etwas *Schönes*.“

Leise ging sie ein paar Schritte, dann sagte sie:
„Wenn ich zu viel rede, sag es mir bitte...“
„Nein, Theresa“, sagte er sofort. „Du redest nicht zu viel. Du redest *nie* zu viel. Es ist ... es ist wunderschön, wenn du redest...“
Sie schenkte ihm ein dankbares Lächeln.
„Danke, David...“
Dann sah sie ihn noch einmal an und fügte hinzu:
„Aber ich hoffe ... ich lasse dir auch immer genügend Zeit, *auch* etwas zu sagen... Denn das wünsche ich mir...“

Eine tiefe Rührung stieg in ihm auf. Er war so unsäglich glücklich, dass sie sich von ihm etwas *wünschte*... Er konnte nicht beschreiben, was er an ihren Worten empfand...
„Ja, Theresa... Ich versuche es. Ich versuche auch das... Bitte hab ... Geduld mit mir. Ich ... will es *so sehr* versuchen!“

126

Nun sah sie ihn ein drittes Mal an, sehr verändert, nun auch sie sehr berührt... Kurz schien es, als wollte sie auch etwas sagen, dann aber schwieg sie.

Nach einigen Momenten sagte sie weich:

„Geheimnisse sind etwas sehr, sehr Schönes... Ich glaube, auch in dir stecken viele Geheimnisse, David... Geheimnisse, die du auch selbst noch gar nicht entdeckt hast. Weißt du, ich glaube, die Welt wäre auch viel, viel besser, wenn die Menschen die Geheimnisse noch lieben würden. Sie bräuchten ja gar nicht jeden Zweig zu lieben – aber die *Geheimnisse*. Ich meine nicht, dass man Geheimnisse voreinander haben soll, nicht im gewöhnlichen Sinne. Aber ... aber dass man sie liebt. Auch wieder nicht im gewöhnlichen Sinne. Nicht als Neugier. Nicht als Gier nach Neuem, nach Enthüllung, denn was übrigbleiben würde, wäre ja auch wieder nur eine Welt *ohne* Geheimnisse. Sondern ich meine gerade das Gegenteil. Dass man der Welt ihre Geheimnisse *lassen* könnte. Dass man gerade deshalb die Geheimnisse liebt, weil man sie lässt. Geheimnisse bleiben lässt. Den Zweig liebe ich doch auch nicht, wenn ich ihn zerbreche. Aber die Menschen zerbrechen alles. Sie zerbrechen die Erde, um ihr ihre Geheimnisse zu entreißen. Sie zerbrechen sogar das Weltall. Sie zerstören den Regenwald für das Holz und das Land – und zerstören seine Geheimnisse gleich mit, sogar ohne sie zu kennen! Vieles wird nie erfahren werden, weil es bereits zerstört wird, bevor man es erfahren kann. Dann wird es auch ein Geheimnis bleiben – aber eines, das gar nicht mehr *existiert*! Aber dass ‒ ‒"

Sie musste ihr Gesicht in ihre Hände bergen, weil eine plötzliche Rührung sie völlig übermannte. Dann sah sie ihn mit tränenschillernden Augen an und stieß zutiefst erschüttert hervor:

„Aber dass man den *Unterschied* nicht einmal begreift ‒ ‒"

Sie stand derart schutzlos und verletzlich und zugleich so strahlend schön vor ihm, wie er noch nie auch nur annähernd etwas erlebt hatte. Sein ganzes Inneres schrie danach, sie zu umarmen und zu trösten, und zugleich konnte er nicht die kleinste Bewegung machen, weil dieses Wesen vor ihm für ihn eine absolute *Heiligkeit* hatte – und er es niemals ohne seine Erlaubnis auch nur berühren würde.

Als sie einander wenige Augenblicke gegenübergestanden hatten, die sich fast zu einer Ewigkeit weiteten, die für ihn eine heilige Qual wurde, wischte sie sich einsam und mit wunder Seele die Augen und verbarg ihren Schmerz, indem sie weiterging und in dieser weichen Verletzlichkeit sagte:
„Das ist schlimm... Nicht wahr?"
Seine ganze Seele war in Aufruhr. Er fand es schlimm, dass sie sich nicht getröstet fühlen durfte – dass er sie so hatte dastehen lassen müssen ... und dass sie jetzt so sehr ihr Inneres verbergen musste.
„Theresa...", stammelte er. „Es ... es tut mir so leid...! Ich –"
Er musste sich wirklich Gewalt antun, es auch nur auszusprechen.
„Ich ... ich hätte dich so unendlich gern *getröstet*... Wenn ... wenn ... also wenn ... ich gewusst hätte, ob ich es *darf*..."
Sie dankte ihm schweigend. Er konnte ihr Schweigen zunächst nicht deuten. Er fürchtete, dass sie schwieg, weil es ihr unangenehm war – weil er es *nie* gedurft hätte. Aber dann sagte sie, noch immer verletzlich:
„Das sind *auch* so Geheimnisse... Man weiß es eben nicht... Man kann alles falsch machen – oder auch alles richtig. Und *ich* weiß es auch nicht... Ich weiß auch nicht ... was dann gewesen wäre. Ich weiß auch nicht ... *wie* du es gemacht hättest... Aber ... aber ich finde es *schön*, dass du das gesagt hast, David... Mach dir ... mach dir keine Gedanken darüber. Ich – – ich *bin* dadurch schon getröstet..."

Er war so zutiefst berührt, dass er nicht sprechen konnte – selbst wenn er etwas zu sagen gewusst hätte. Er erlebte eine Zartheit in sich, um sich, in ihr, in allem, die unbeschreiblich war. Seine Liebe zu ihr erglühte förmlich nach *innen*. Es war, wie wenn eine Glut durch einen Boden brach, hinein in ein Heiligtum, das nun ebenfalls glühte... Man konnte diese Erlebnisse nicht beschreiben.

„Ich weiß nicht, was ich sagen soll...", stammelte er. „Du hast gesagt, du wünschst dir, dass ich mehr sage, mehr spreche. Aber manchmal weiß man gar nicht, was man sagen soll..."
Sie lächelte warm und fast heilig.
„Nein, David, das stimmt... Und manchmal *braucht* man auch gar nichts zu sagen, weil ... Worte dann auch gar nicht reichen und viel zu viel sind. Ein Geheimnis braucht manchmal überhaupt keine Worte. Es ist alles gut, David... Sehr gut, sogar..."
Er war selig in der Gegenwart dieses Mädchens...

Während sie schweigend weitergingen, spürte er ihre unendliche Schönheit mit jeder Faser seines Wesens – und alles in ihm war dankbar, so *neben* ihr gehen zu dürfen.
Schließlich sagte sie langsam:
„Manchmal kann man auch ganz *lange* nichts mehr sagen. Man kann auch nicht immer über alles reden – und auch nicht immer über diese Dinge. Und wenn man so etwas gesagt hat, geht es auch nicht mehr weiter... Man *muss* dann irgendwie schweigen. Nach einem schönen Sonnenuntergang sucht man sich ja auch nicht gleich das Nächste, nicht wahr..."
„Ja..."
Er wusste nicht, wann er zuletzt einen Sonnenuntergang gesehen hatte – und ob er je einen auch nur annähernd so wie sie erlebt hatte.
„Wollen wir jetzt einfach eine Weile schweigen?"
„Ja, wenn du möchtest..."

„Ja..."
„Gut."

Er ging schweigend neben ihr – und er spürte, wie ihr Schritt von selbst langsamer wurde. Von selbst oder von ihr bewusst verlangsamt. Er passte sich ihr an, in allem, und er versuchte es so gut wie möglich. Es war für ihn ein Geschenk, sich ihr anpassen zu *dürfen* – bei ihr sein zu dürfen, denn sie selbst war das Geschenk... Fortwährend begleiteten und verfolgten ihn aber auch Gedanken, ob es für sie schön sei, jetzt, mit ihm, oder ob sie lieber ganz allein wäre, ohne ihn... Er machte sich zwar nie Gedanken über sich selbst, aber gleichzeitig machte er sich diese in ihrer Gegenwart fortwährend, nur ganz anders, als sie es gemeint hatte.

Diese Gedanken verfolgten ihn so furchtbar, dass er überhaupt nicht zur Ruhe kam. Bis sie nach einer endlos erscheinenden Zeit erfüllt und fast glücklich einmal tief durchatmete und leise sagte:

„Das war jetzt sehr, sehr schön..."
Und wieder war er glücklich...

Nach einiger Zeit wagte sie zögernd die Frage:
„Für dich auch...?"
„Ja", sagte er unmittelbar, und das war die eine Hälfte der Antwort. Auch er war selig gewesen, neben ihr zu gehen, die ganze Zeit ihre Anwesenheit zu spüren, ihr Wesen, das er so liebte.

„Schön...", sagte sie mit stiller Freude.
Nun wagte er es fast nicht mehr, den anderen Teil zu suchen, die Worte dafür. Und doch kam es ihm wie eine schlimme Lüge vor, wenn er es nicht täte. Es tat ihm unendlich weh, sie wieder zu enttäuschen. Und dennoch musste er ihr die Wahrheit sagen – *sie* würde er niemals belügen wollen, er würde es nicht einmal können, ohne selbst zugrunde zu gehen...

„Aber...", begann er furchtsam, „ich kann es nicht so wie du, Theresa... Es tut mir leid. Du hast dich gerade so gefreut!"
Erschrocken wandte sie ihm ihren Blick zu.
„Nein?", fragte sie betroffen.
„Nein. Weil..."
Wieder war es für ihn unendlich schwer, dies alles auszusprechen, zumal ihre Augen so sehr auf ihm ruhten – ihre Augen, deren Licht er schon so kaum ertragen konnte...
„Weil", nahm er seinen Mut zusammen, „ich ... immer an *dich* denken muss... Wie es dir geht. Ob ... ob du dich gerade wohlfühlst. Auch mit mir, meine ich... Das ... das frage ich mich immer..."

Sie dachte nun ihrerseits darüber nach, fühlte darüber nach, versuchte, es aus seiner Sicht zu sehen – und niemand tat dies so innig wie sie. Und dann sagte sie weich:
„David... Warum hast du denn schon *wieder* Angst... Was kann ich denn tun, um dir diese Angst zu nehmen? Ich habe dir doch gesagt, dass ich das jetzt am *liebsten* tun möchte: schweigen. Wie kannst du dann noch zweifeln, dass es gut ist? Dass es mir gut geht? Eher hätte doch ich zweifeln müssen, ob es auch dir gut geht! Und jetzt ... jetzt ist es zu spät, ich hätte vorher zweifeln müssen. Es tut mir leid... Ich hätte sagen müssen, dass du keine Angst haben brauchst. Aber ich wusste ja nicht – –"
„Vielleicht bin ich auch einfach nur sehr dumm, Theresa...", sagte er beschämt.
„Nein, das bist du nicht! Du ... mein Gott, du machst dir die ganze Zeit Gedanken, wie es mir geht. Was ich denke. Ob es mir gut geht mit dir. Du hast die ganze Zeit diese Angst. Obwohl du weißt, dass du sie nicht haben musst, sollst, hast du sie trotzdem. Immer wieder... Das tut mir so leid! Wir müssen etwas finden, David. Wir müssen dafür eine Lösung finden. Was sollen wir denn tun? Du *musst* keine Angst haben! Kannst du mir das denn nicht glauben?"

131

„Doch, Theresa...", sagte er schuldbewusst. „Nur vorhin, ganz am Anfang ... da *musste* ich doch Angst haben... Da wäre es fast sehr, sehr schlimm geworden, weil ... weil ich dich so sehr enttäuscht habe..."

Sie senkte den Kopf.

„Ja, du hast Recht. Und trotzdem wollte ich doch nicht ‚mit dir Schluss machen' oder so etwas. Ich ... war doch *selbst* verzweifelt. Ich wollte mit dir reden. Ich wollte dir sagen, warum ich so einsam bin. Ich ... ich hatte doch gehofft, dass sich irgendetwas ändert. Aber du hast Recht – ich habe zugleich befürchtet, dass sich nichts ändern würde, könnte. Auch *ich* habe Angst, David... Ich habe nur deshalb keine Angst, weil ich es schon erwarte, weil ich es schon gewohnt bin. Aber ich liebe dich ja auch nicht. Und du ... du *liebst* mich. Und ... ich verstehe deine Angst doch, David... Ich ... deswegen *will* ich ja, dass du keine Angst haben musst. Und das musst du wirklich nicht. Jetzt nicht mehr... Ich ... ich glaube, ich muss auch keine Angst mehr haben. Ich weiß jetzt, dass ... dass es dir nicht egal ist, wenn dir alles egal ist, alles außer ich, meine ich... Das weiß ich jetzt – und deswegen habe ich keine Angst mehr. Und deswegen brauchst du auch keine Angst mehr zu haben, David. Ich werde von dir nicht mehr enttäuscht sein. Du hast ... du hast mir schon zu viel bewiesen... Was für ein Mensch du wirklich bist... Auch wenn du es vielleicht noch gar nicht weißt. Wenn ... wenn du mir versprichst, dass du nicht aufhörst, so zu sein, wie du heute warst ... bist ... dann ... dann verspreche ich dir, dass du keine Angst haben musst..."

Er war von ihrer Rede überwältigt. Und doch war es natürlich nicht so einfach, wie sie es vielleicht spürte. Für ihn war es trotzdem schwerer, als es für sie schien. Er *konnte* seine Angst, sie zu verlieren, sie zu enttäuschen, nicht ablegen. Sie war mit ihm wie verwachsen. Er konnte versuchen, Vertrauen zu haben – aber dieses Vertrauen würde immer wie ein scheuer Vogel bleiben... Und doch konnte er es um ihretwillen versuchen – denn sie *wollte* ja, dass er keine Angst mehr hatte. Und natürlich wollte auch er es mehr als alles andere. Noch mehr wollte er nur, sie niemals zu verlieren...

„Ja, Theresa. Ich verspreche dir, dass ich nie aufhören werde, so zu sein wie jetzt..."
„Und ich verspreche dir, dass du keine Angst haben musst, David..."

Und die Angst verschwand... Für diesen Moment verschwand sie. Obwohl er ahnte, dass die Angst ja gerade dazugehörte, wenn er so war und blieb wie jetzt... Auch das war ein rätselvolles, noch ungelöstes Geheimnis...

„Aber", sagte er voller Hoffnung, „du musst mir trotzdem helfen, Theresa... Wie ich dieses Interesse bekommen kann. Ich weiß, dass du mir dabei helfen kannst. Bitte versuch es..."
Sie sah ihn berührt an. Ihr Blick veränderte sich und sie blieb stehen. Dann wendete sie sich zu ihm.
„Dann lass uns zurückgehen. Ich möchte dir etwas zeigen."
Er folgte ihrer Bewegung und ging mit ihr denselben Weg zurück.
„Willst du einmal zu mir nach Hause kommen?"
Ihre Worte schlugen ein wie eine sanfte Bombe. Er konnte kaum glauben, was er gehört hatte. Ihr Zuhause war für ihn wie ein Heiligtum. Er wusste nicht, wie ein Mädchen wohnte. Er wusste nicht, wie dieses über alles geliebte Mädchen lebte. Doch er hatte nie auch nur zu hoffen gewagt, dass sie dies einmal tun würde – ihn mit zu sich nach Hause zu nehmen...
„Ich, äh ... ja... Was ... was möchtest du mir denn zeigen?"
Sein Herz klopfte wieder wie wild.
„Das wirst du schon sehen."

Nach einer kurzen Weile fragte sie zögernd:

„Hast du ... doch wieder Angst?"

„Nein, ich ... ich habe nur ein bisschen Angst, etwas falsch zu machen..."

„Was denn zum Beispiel?"

„Ich weiß nicht, Theresa. Etwas, was dich enttäuscht..."

„Aber was könnte das sein?"

„Ich weiß es nicht."

„Na siehst du...", sagte sie weich.

„Du weißt nicht, wie das ist... Ich ... bin nicht so wie du, Theresa. Mit dem Zweig vorhin... Vielleicht ... vielleicht finde ich etwas bei dir Zuhause nicht schön genug. Oder ich übersehe etwas. Oder es passiert etwas anderes, was ... dich enttäuscht. Verstehst du? Es könnte so *vieles* sein. Du hast vorhin selbst gesagt, man kann alles richtig, aber auch alles falsch machen. Ich *möchte* aber nichts falsch machen, Theresa..."

Sie sah ihn berührt an.

„Wenn du *so* denkst, David, und ich *sehe* doch, dass du so denkst ... dann ... dann kannst du nicht viel falsch machen. Eigentlich gar nichts... Ich pass schon auf, dass du keine Angst haben musst. Ich hab es dir doch versprochen, David! Bitte hab sie doch nicht mehr... Bitte vertrau mir doch... Kannst du mir nicht dein Vertrauen schenken? Du ... schenkst mir doch deine Liebe... Bitte schenk mir doch auch dein Vertrauen, David. Ich ... ich weiß, dass deine Liebe wichtiger ist. Deswegen hast du Angst. Aber wenn ich es dir verspreche ... und ... und du mich liebst... Ist denn mein Versprechen so wenig wert?"

„Nein, Theresa!", sagte er schnell. „Nein... Ich schäme mich..."

„Nein, bitte nicht. Vertrau mir nur *jetzt*. Ich pass auf dich auf. Ich verspreche es..."

Er sah sie an wie einen leibhaftigen Engel. Sie wusste wirklich nicht, wie schön sie war...

„*Danke*, Theresa... Du bist so unglaublich schön..."

„Du aber auch. Ein Versprechen hat doch auch Gründe..."

Sie gingen schweigend zurück. Ab und zu fragte sie: „Geht es dir gut, David?"
Und er konnte es dankbar und aus vollem Herzen bejahen. Schließlich fragte sie:
„Aber du bist *doch* sehr aufgeregt, nicht wahr?"
„Ja, ich ... weiß eben nicht, was mich erwartet..."
„Überhaupt nichts Schlimmes, David. Ich ... bin ja auch ein bisschen aufgeregt. Ich hoffe, das kannst du auch verstehen. Ich habe ... noch nie einem Jungen mein Zimmer gezeigt. Mein ... Leben, sozusagen. Ich ... schenke dir *auch* sehr viel Vertrauen, David. Weil du mich gebeten hast, dir zu helfen. Deswegen tue ich das. Und weil es heute so schön mit dir war. Deswegen auch. Ich weiß, dass du anders bist als andere Jungen. Darauf vertraue ich. Und ich vertraue *dir*."
Er war bis ins Innerste berührt. Er wusste nicht, was er sagen sollte...

*

Sie fuhren mit dem Bus zurück, und wieder fragte sie ihn ein paar Mal, ob es ihm gut gehe, und ihre Fürsorge um ihn trug ihn und machte ihn glücklich... Wieder mussten sie einmal umsteigen, aber schließlich standen sie vor einem Einfamilienhaus in einem anderen Bezirk der Stadt. Es war eine ruhige, eher wohlhabende Gegend. Sie hatte seinen Besuch schon kurz per SMS angekündigt.

Nun klingelte Theresa an ihrer eigenen Tür. Ihre Mutter öffnete, und er sah eine jünger als seine Mutter wirkende Frau in gepflegter Kleidung, die ihn interessiert anschaute.

„Mama, das ist David. David, das ist meine Mutter."
Sie gaben sich die Hand.
„Das ging ja plötzlich", sagte seine Mutter nun. „Auf einmal eine Nachricht: ‚Ich bringe einen Freund mit.' Hast du jetzt also einen Freund?"
„Ja – einen Freund. Wir verstehen uns gut, und ich möchte ihm mein Zimmer zeigen. Das macht man übrigens auch mit Freundinnen. Also denk dir nicht so viel."
„Aha, ich verstehe. Na gut, David, du bist bei uns jedenfalls willkommen."
„Danke."
Die Begrüßungszeremonie war ihm unangenehm, und ihre Worte über den Freund und die Freundinnen hatten ihm unerwartet wehgetan, obwohl er ja wusste, dass er nichts erwarten durfte.
„Ist Papa auch da?"
„Nein, er ist beim Sport."
„Aha, gut. Dann sind wir jetzt in meinem Zimmer, ja, Mama?"
„Ja, viel Spaß."
„Danke."

Sein Herz schlug bis zum Hals. Er liebte dieses Mädchen und seine ganze Gestalt so unendlich. Und nun führte sie ihn zu ihrem Zimmer...
Sie öffnete es – und trat ein, zu ihm zurückschauend, ihn ebenfalls einlassend, ihn anschauend, in schüchterner Erwartung, und er sah sich fast ehrfürchtig um. Und die Atmosphäre ihres Mädchenzimmers nahm ihn gefangen...

Zur anderen Seite hinaus gingen zwei Fenster, die das Zimmer sehr schön hell machten. Wenige Schritte neben der Tür begann ihr Bett, am Kopfende stand eine Nachttischlampe.
„Ich hoffe", sagte sie verlegen, „das Poster kommt dir nicht kindisch vor..."

Über dem Kopfende hing ein Poster, wie es auch Zweit-klässlerinnen haben könnten: Vor einem Zaun lag ein junger Esel, dahinter stand ein kleines Schaf, vor ihm ein süßes dunkles Schwein und bei seinem Kopf ein Küken. Dazu ein Baum und ein paar Blumen.

„Nein, überhaupt nicht – es ist sehr schön..."

„Das sagst du vielleicht nur so."

„Nein – ich meine es. Wirklich, Theresa. Es ist *schön*."

Er spürte ihre Rührung und war glücklich ... und sah sich weiter um. An der Längsseite ihres Bettes hing ein Poster mitten aus dem Regenwald. Kreuz und quer wachsende Stämme mit dickem Moosposter, eine Art wilder Schnappschuss.

„Das habe ich mir erst jetzt bestellt. Es gefiel mir. Ich weiß noch nicht, wie lange ich es hängen lasse. Aber man bekommt ein Gefühl dafür, wie viel *Leben* das ist..."

„Ja...", sagte er andächtig.

Der Boden bestand aus einem hell getreidefarbenen Teppichbelag, der allein schon das Zimmer unglaublich gemütlich machte.

„Ein schöner Teppich...", sagte er leise.

„Ja", lächelte sie. „Ich liebe ihn auch sehr. Man muss nur aufpassen. Man sollte hier keine Partys machen..."

Er sah sie glücklich an. Sie senkte befangen den Blick.

Nun betrachtete er das Reich ihres Schreibtisches. Dieser stand an der linken Wandseite. Das ganze Zimmer war nicht sehr groß, aber der Schreibtisch war es, er nahm sicher zwei Drittel der ganzen Wand ein. In der Mitte stand ein Flachbildschirm, der zu einem Computer gehörte, der unter der Tischplatte stand.

Dahinter hing ein weiteres Poster.

„Und wie findest du *das* Poster...", fragte sie zögernd.

„Ich muss es erstmal betrachten...", antwortete er.

Es war das ungewöhnlichste Poster, das er in seinem Leben bisher gesehen hatte.

Es zeigte Schienen, die bis in den Horizont hinein liefen. Fotografiert war es aus niedriger Höhe. Direkt neben den Schienen verlief ein kleines Mäuerchen, der rechte Bildrand war früher möglicherweise ein Bahnsteig gewesen, jetzt war er von Moos und altem Gras- und Strauchgestrüpp übersät; soweit die kleine Mauerkrone reichte, waren es auch überall Moosposter. Hinten standen laublose niedrige Bäume, es war offenbar Herbst. Links verlief noch ein Nebengleis, daneben standen dann auch Büsche und Bäume und gelbes, vertrocknetes Gras. Der Himmel war oben von einer dunklen Wolkendecke begrenzt, die halb dunkelgrau, halb graurötlich erschien wie vor einem baldigen Gewitter.

„Und woher hast du *das* Poster?", fragte er staunend.
„Bitte sag erst, wie es dir gefällt..."
Er spürte ihre leise Hilflosigkeit.
„Aber", fragte er berührt, „warum muss es mir denn *gefallen*, Theresa. Es ist doch dein Poster... Es ist doch dein Zimmer..."
„Aber trotzdem. Du bist jetzt hier, David. Es muss dir nicht gefallen. Ich will es nur wissen..."
Ihre schüchterne Antwort rührte ihn nur noch mehr. Er betrachtete das Poster von neuem.
„Es gefällt mir eigentlich gut. Ich weiß nicht, warum. Es ist irgendwie sehr besonders."
„Ja..."
„Und woher hast du es? Und warum gefällt es *dir*?"
„Es war ein Experiment... Ich habe es mir vor einem Jahr gekauft. Im Internet kann man ja Poster kaufen. Ich gebe sonst fast kaum Geld aus. Aber ich finde es wunderbar, sich große Bilder aussuchen zu können – die man ganz für sich hat. Ich glaube, dieses Poster hat erst recht kaum einer. Vielleicht bin ich ja fast die Einzige..."
„Und warum gefällt es dir?"
„Ich musste erst ausprobieren, ob es mir gefällt – oder wie lange. Am Anfang ging es mir wie dir: ich wusste gar nicht,

warum. Ich wusste nur, *dass* es mir gefällt. Und irgendwie kam mit jedem Tag etwas dazu – etwas, von dem ich wusste, warum es mir gefällt. Also erstens: dieses Wilde. Ich meine, dieses Unberührte, nicht mehr Berührte. Oder noch nie Berührte. Züge fahren hier schon noch, denn die Schienen sind frei. Aber alles andere ist Zwischenland – zwischen Bahnhöfen. Niemandsland. Ich mag Moos. Ich weiß nicht, warum. Es ist so weich, so grün, so frisch, so unverwüstlich. Dann das vertrocknete Gras und Kraut – die Farbe ist einfach *schön*. Ich hatte noch nie ein Problem mit dem Herbst, wenn nichts mehr blüht und die anderen es ungemütlich finden. Es *bleibt* schön! Guck doch mal das Rötliche der Stämme und Äste. Ist das nicht wunderschön? Grünes Moos, gelbes Kraut, rötliche Gehölze – und der Himmel! Unglaublich, diese Wolken, wann sie wohl zu regnen anfangen? Aber ganz hinten ist der Himmel noch hell, gelb wie das Gras. Vielleicht weht gerade ein Wind, vielleicht ist es kühl, fünf Grad? Oder doch zehn Grad? Man spürt die Herbststimmung förmlich.

Und es ist wunderschön *einsam*. Dass ich mich oft einsam fühle, wie ich heute sagte, hat nichts damit zu tun, dass Einsamkeit nicht auch schön sein kann. Ich meine, in der Natur. Da liebe ich sie... Und hier ist kein Mensch! Aber die Natur, diese Farben... ,Trostlos' sagt meine Mutter. Sie hasst dieses Bild. Aber ich liebe es. Noch immer. Am Anfang habe ich es sogar geliebt, *weil* es niemand sonst mochte. Ich sagte mir: Irgendjemand muss es doch mögen – und das bin ich. Diese kahlen Bäume – wer soll das mögen? Und dann bloß noch Gestrüpp, kahl, vergessen, fast verfallen. Und dann bloß diese gerade Strecke. Aber die Perspektive ist eigentlich wunderschön. Man kann sich fragen: Wo würde man da hinkommen? Wohin führt das, am Horizont? In dem Bild liegt für mich unglaublich viel. Ich werde an dem Bild nicht müde. Es gefällt mir immer wieder neu. Ist das nicht ein Wunder? Ist das nicht das Zeichen für die allerbesten Bilder? Ein häss-

liches Bild, das niemandem gefällt, ist fast mein Lieblings-
bild. Seltsam..."

„Mir gefällt es, Theresa..."

„Ja... Das finde ich sehr schön... Das hat mir etwas bedeutet,
David..."

Berührt sah er sich vorsichtig weiter um.

„Und was ist das?"

Er deutete auf einen Schmuck, der weiter links an der Wand
hing.

Sie lächelte.

„Das ist eine Art Indianerschmuck. So was kann ich mir ja
schlecht umhängen. Vielleicht steht er anderen als Halskette,
mir aber sicher nicht. Ich habe das mal von einer ziemlich ver-
rückten Tante geschenkt bekommen. Aber hier an der Wand
ist es wunderschön..."

Sie war wunderschön. Sie und auch die ganze Gestaltung ihres Zimmers. Der übrige Teil war ganz ordentlich aufgeräumt.
Über dem Bett lag eine wunderschöne Tagesdecke, die ebenso gemütlich war wie der Teppich, der sich den Füßen an-
schmiegte. Ihr Schreibtisch aber war ganz offensichtlich ein
Arbeitsort.

Er sah keine Schulsachen herumliegen. Er sah ihren schönen,
mädchenhaften hellen Lederrucksack neben dem Schreibtisch
stehen. Auf dem Schreibtisch aber lagen ein paar Papiere, die
sie eben noch etwas zusammengeordnet hatte, ein großer Notizblock und mindestens drei aufgeschlagene Bücher, dazu
ein großer Atlas.

„Und was machst du hier?", staunte er.

„Hier", erwiderte sie verletzlich, „kümmere ich mich um das,
was wirklich *wichtig* ist, David..."

Berührt wagte er kaum, sich zu rühren. Dieses Zimmer war
ihm ohnehin heilig – fast so sehr wie seine Besitzerin...

„Komm... Ich möchte dir etwas zeigen..."

Sie nahm das Buch, das am weitesten links lag und ging damit zu ihrem Bett. Zögernd folgte er ihr.

„Komm!", sagte sie noch einmal ermutigend, nachdem sie sich bereits gesetzt hatte.

Zögernd setzte er sich neben sie.

„Etwas näher kannst du...", sagte sie weich. „Sonst siehst du nichts..."

Beschämt und mit Herzklopfen setzte er sich näher zu ihr...

Sie zeigte ihm die Vorderseite des Buches:

„Die letzten Regenwälder", las sie den Titel vor. „Mit einem Vorwort von David Attenborough. Weißt du, wer das ist?"

„Nein. Wer ist das?"

„Das ist ein ganz berühmter Naturfilmer. Vielleicht kennst du ‚Planet Erde'? Er hat unglaublich schöne Naturaufnahmen gemacht. Von unserem Planeten. Diesem wunder-wunderschönen Planeten... Die meisten Leute gucken das nur und finden es irgendwie schön. Ich ... ich muss dann oft weinen", auch jetzt übermannte sie fast eine ungeheure Rührung, in der sie dennoch tapfer weitersprach, „weil es so unglaublich schön ist. Ich meine die *Erde*, David! *Unsere* Erde..."

Sie sah ihn mit dieser tiefen Verletzlichkeit, mit diesen wunderschönen Augen einmal kurz an. Und sein eigenes Herz zitterte bis ins Innerste...

„Ja, und", sprach sie dann mit dieser verletzlichen Sanftheit weiter, indem sie das Buch aufschlug, die allerersten Seiten, „dieses Buch ist von 1990. Das ist noch nicht so lange her, und doch sind es schon fast dreißig Jahre. Und seitdem sind ... diese *letzten* Regenwälder noch viel mehr zerstört worden. Vernichtet!"

Sie blätterte wenige Seiten weiter, bis sich doppelseitig ein Chamäleon über den ersten Text beugte.

„Guck mal. Das ist ein Chamäleon aus Regenwäldern auf Madagaskar. *Alle* diese Tiere werden verschwinden, wenn es die Regenwälder nicht mehr geben würde. Einfach verschwinden! Aber sie haben Millionen Jahre gebraucht, um sich zu *entwickeln*! Ich verstehe das nicht. Man muss doch nur *ein* solches Bild anschauen, um zu wissen, was nicht passieren *darf*!"

Hilflos sah sie ihn an – und hilflos war auch er, vor ihrer hilflosen Schönheit... „David Attenborough schreibt in seinem Vorwort ein bisschen von den Wundern. Auf Costa Rica zum Beispiel lebt eine winzige Fledermausart, die wie kleine weiße Flauschbälle aussieht, und sie beißen von Bananenblättern ganz bestimmte Blattadern durch, damit die Blätter zusammenklappen und sie darunter schlafen können. Es sind unglaubliche Wunder, die es in dieser Natur gibt! Aber sie muss *existieren* dürfen!"

Wieder blätterte sie weiter.

„Hier – solche Baumriesen. Schon die Wurzeln fast so hoch wie ein Haus... Das hier ist eine Muskatnuss. Man kennt so die Namen, aber man weiß überhaupt nicht, wie das aussieht..."

Er folgte ihrem unschuldigen Eifer wie verzaubert. Und ihre zarte, heilige Mädchengestalt war ihm so unglaublich nah... Seine Ehrfurcht vor alledem durchströmte ihn mit Glück, reinstem Glück...

Sie blätterte weiter, bis sich ein Foto zeigte, auf dem ein Baumstamm durchgesägt wurde.

„Hier, ein riesiger, wunderschöner Baum... Das sieht doch aus, wie wenn eine Kehle durchgeschnitten wird..."

Ein Bild zeigte eine Viehherde mit vier Gringos.

„In Südamerika zerstört man die Regenwälder für die Viehzucht. Man vernichtet die kostbarsten Wälder, damit *wir* Fleisch essen können. Auch wieder Tiere... Das ist krank, mehr als krank... Es ist ein Alptraum..."

Und aufmerksam blätterte sie weiter.

„Hier ein Frosch, unendlich viele Frösche gibt es, in allen Farben. Sie können hoch oben in den Baumkronen leben, weil es überall so feucht ist. Es gibt hoch oben sogar ganze kleine Teiche, überall sammelt sich das Wasser. ... Guck doch, ein Ameisenbär. ... Und hier, guck: Das Zwergböckchen ist nur so groß wie ein Lineal – und hier der Goliathfrosch ist genauso groß! Und dieser Schmetterling. Stell dir das mal vor! ... Hier, ist das nicht ein tolles Bild? Wie sie diese Hängenester *bauen* können! Kunstwerke sind das..."

Immer weiter blätterte sie. Liebevoll betrachtete sie auch jede Seite, zu der sie nichts sagte. Und immer überlegte sie, *ob* sie etwas sagen konnte, etwas wiedererkannte, was sie schon einmal begeistert hatte – oder was es wert war, *ihn* daran Anteil haben zu lassen.

„Guck doch mal, *auf* den Bäumen wachsen andere Pflanzen. Sieht das nicht toll aus? ... Und hier, diese Pflanze kann ihren Blütenstand bis zu siebzehn Grad heißer machen als die Umgebung. Sie braucht dafür so viel Sauerstoff wie ein Kolibri, also unglaublich viel. Und das alles nur, um einen bestimmten Skarabäuskäfer anzulocken, der sie bestäubt! ... Hier diese Blume stinkt nach Käse und lockt Fledermäuse an... Guck doch mal *diesen* schönen Vogel an. Ein Quetzal. Hier ... Blattschneiderameisen. Sie schneiden wirklich Stück für Stück von dem Blatt ab. Einfach so... Hier sitzt ein kleines Äffchen auf dem Rücken seiner Mutter. Ist das nicht süß? ... Guck, ein Nachtfalter. So denken seine Feinde, dass das riesige Augen sind, und er kann fliehen. Und das alles sind nur *Beispiele*. Es gibt von allem hunderte weitere Arten, vor allem von den Insekten. Millionen! Noch gar nicht entdeckt. Die Vielfalt ist *unvorstellbar*. Sogar bei den Bäumen. Bei uns im Wald wachsen zehn, zwanzig Arten als richtige Bäume, meistens sogar nur zwei, drei, die den eigentlichen Wald bilden. Im Regenwald sind es *hunderte*. Es kann dauern, bis man die gleiche Art ein zweites Mal findet..."

Es dauerte auch noch, bis sie das Buch durchgeblättert hatte. Sie erzählte von Pythons, von gleitenden Geckos und Flugdrachen. Dann kam der Kartenteil, wo man die Lage der noch verbliebenen Regenwälder und ihrer Reste sehen konnte. Hier blätterte sie noch langsamer. Hier ging es auch um die weiteren Ursachen der Zerstörung, um die indigenen Naturvölker und Reservate, um die ‚dritte Jahreszeit' der Brandrodungen, das unwiederbringliche Wissen der Medizinmänner. Sie erzählte von dem Kautschukzapfer Chico Mendes, dessen Tod nach sechs Attentaten die Welt erschütterte. Sie zeigte ihm eine Abbildung von Manatis, Seekühen, für deren plumpe, sanfte Gestalt sie eine besondere Liebe zu haben schien, und so ging es immer weiter...

Als sie das Buch schließlich zuklappte, nachdenklich, traurig, sagte sie:
„Und das ist nur *ein* Buch. In diesen da", sie zeigte auf die anderen Bücher auf ihrem Schreibtisch, „steht noch vieles andere. Aber keine Angst. Die blätter ich für dich nicht auch noch durch. Ich wollte dir nur dieses eine zeigen – daran sieht man doch schon alles... Man sieht – –"
Wieder musste sie innehalten, weil sie nicht weitersprechen konnte.
„Man sieht, dass wir *verrückt* sind! Verrückt, wenn wir das nicht begreifen! Wenn wir –"
Nun musste sie wirklich ein Aufschluchzen mühevoll unterdrücken.
„ – das einfach kaputtmachen! Zerstören – –"
Sie barg ihren Kopf in ihren Händen. Unterdrückt schluchzte sie nun doch auf, und ihre Schultern zitterten, weil sie jetzt wirklich weinte...
Er war wie erstarrt, sie wieder weinen zu sehen. Wieder rief alles in ihm voller Sehnsucht danach, sie trösten zu dürfen. Und doch hatte er vor ihrem Wesen *und* ihrem Leib eine solche Ehrfurcht, dass er sich kaum zu rühren wagte. In größter

Scheu hob er seine Hand und strich ihr fast wie etwas Verbotenes wenige Male ganz vorsichtig über den Rücken – und sie weinte weiter... Aber als er es vier- oder vielleicht fünfmal gewagt hatte, setzte in ihm eine Art Sperre ein. Mehr *durfte* er nicht... Und er konnte nur tatenlos zusehen, sie nur mit seinem hilflosen Blick und seinem Herzen streicheln, bis sie aufhörte...

„Es tut mir leid...", sagte sie mit einem verletzlichen Nachschluchzen. „Das wollte ich gar nicht..."

„*Mir* tut es leid, Theresa... Dich so zu sehen..."

Es tat ihm unendlich leid – und zugleich war es aber auch unendlich schön, unsagbar berührend, sein Herz bis ins Allerinnerste berührend, seine Liebe bis ins Allerinnerste ergreifend und anziehend...

„Es war schön, dass du neben mir warst, David..."

„Hätte...", fragte er in seiner Not, „hätte ich dich ... auch *mehr* streicheln dürfen, Theresa?"

„Ja, hättest du...", sagte sie.

Er schwieg mit tiefen Empfindungen.

„Aber das weiß man ja nicht, nicht wahr?", sagte sie leise. „Aber nächstes Mal ... weißt du es... Ich ... werde bestimmt nochmal weinen... Aber ... ich möchte ... ich möchte dir auch einmal danken, dass du so ... so *vorsichtig* bist. Ich hab noch nie so was Schönes gesehen..."

„Wirklich?", fragte er in ungläubiger Scheu. „Du fandest es schön?"

„Ich finde es *alles* schön, David. Wie du bist ... finde ich schön. Ich ... ich schäme mich wirklich, dass ... du mich liebst, und ich ... dich nur als Freund haben möchte. Wirklich, David, ich schäme mich dafür..."

Betroffen schwieg er. Dann nahm er allen Mut zusammen und fragte:

„Und ... wird das immer so *bleiben*, Theresa?"

145

„Was?", fragte sie besorgt, „dass du mein Freund bleiben wirst?"

„Nein ... ich meine, dass ich *nur* ein Freund bleiben werde..."
Nun konnte *sie* zum ersten Mal nichts sagen, aus Scham und Hilflosigkeit.

„Theresa...", sagte er sehr leise, „können wir nicht wenigstens einen Tanzkurs machen... Doch...?"
Sie sah ihn voller Mitleid an.
„Ja, David. Das machen wir... Ich mache mit dir einen Tanzkurs. Wenigstens das möchte ich dir schenken... Und bitte verzeih mir..."
Tief betroffen sah er sie an. Nun hatte sie ihm nicht nur ihr wunderschönes Bild geschenkt – nun schenkte sie ihm auch das, was er sich als erstes so sehnlich gewünscht hatte. Und sie bat ihn um Verzeihung, dass es nicht noch mehr war... Wie viel *bekam* er von diesem geliebten Mädchen! Aber er liebte sie gerade, seine Sehnsucht nach ihr war so groß...

Ratlos saßen sie eine kleine Weile schweigend auf ihrem Bett. In diesem Moment klopfte es, dann ging die Tür auf. Und in der Tür stand ein ziemlich kräftiger Mann, der es gewohnt war, in Erscheinung zu treten.
„Hallo, Theresa. Ich wollte doch auch deinen Freund einmal sehen und begrüßen."
Sie standen beide gleichzeitig auf.
„*Ein* Freund", sagte sie.
Ihr Vater lächelte verbindlich.
„Soweit ich weiß, habe ich nicht gesagt, dass es dein einziger Freund ist." Er wandte sich an ihn. „Und wie heißt du?"
„David."
„Gib ihm die Hand...", flüsterte sie.
Etwas befremdet ging er auf ihren Vater zu und gab ihm die Hand, wobei er noch einmal wiederholte: ‚David'.
„Freut mich."

Der Vater warf ihr noch einen Blick zu. Dann musterte er auch ihn noch einmal kurz.

„Na dann...", sagte er mit fester Stimme – und schloss die Tür wieder.

Selten hatte er einen so dominanten Mann erlebt ... wann überhaupt zuletzt? Er war noch völlig überwältigt, nur langsam kehrte das Bewusstsein ihres Zimmers zurück, wie wenn sich das Zimmer selbst sein Reich erst wieder erobert müsse...

Auch sie stand noch ein wenig verloren vor ihm im Raum.

„Es tut mir leid...", murmelte sie verlegen. „So ist mein Vater..."

„Ist er *immer* so?", fragte er betroffen.

„Ich kann damit umgehen...", erwiderte sie ausweichend.

„Sagt er dir, was du zu tun und zu lassen hast und so?"

„Nein. Das hat er früher getan. Er hätte es wahrscheinlich auch weiter gemacht. Ich musste mich ein bisschen davon ‚befreien'..."

„Und wie hast du das gemacht?"

„Als Mädchen hat man wahrscheinlich zwei Möglichkeiten: schreien oder weinen... Schreien konnte ich nicht..."

„Du hast ihm was vorgeweint?"

„Nein!', sagte sie entsetzt. „Ich habe *wirklich* geweint. Ich habe immer dann geweint, wenn ich es nicht mehr aushielt. Und irgendwann hat er es verstanden... Seitdem ... lässt er mich sehr frei..."

„Aber das eben?"

„Das war nicht das Normale. Das war nur, weil du da bist. Erstens, weil du der erste Junge bist, der dieses Haus betritt, und zweitens erwartet er diese Dinge wie die Hand geben und so. Ich habe mich geschämt, es dir sagen zu müssen. Aber das war das Einfachste. So ist *er* zufrieden, und alle sind zufrieden. Sonst wärst du bei ihm gleich unten durch gewesen, verstehst du? Das wollte ich noch weniger..."

„Ich verstehe", sagte er berührt.

„Ja...", sagte sie weich. „Verzeihst du mir also deswegen?"

„Aber natürlich, Theresa! Ich danke dir sogar deswegen. Du hast mich doch sozusagen gerettet..."

„Das war ja vielleicht eher egoistisch."

„Ich freue mich, wenn du so egoistisch bist..."

Sie senkte verlegen den Blick...

„Theresa?"

„Ja?"

„Den Tanzkurs ... soll ich ... darf ich gucken, wann so etwas stattfindet? Bist du wirklich einverstanden?"

„Ja, wenn du es möchtest, dann mache ich es mit dir."

Ungewollt kam ihm die Assoziation, die man in seiner Altersgruppe mit diesen Worten verband – ‚es mit jemandem machen'. Beschämt drängte er diesen ungebetenen Gedanken weit von sich, beschämt stand er vor *ihrer* ganzen Unschuld...

„Ich freue mich unglaublich, Theresa. Das ... möchte ich dir noch sagen..."

„Ich mich auch. Über diesen schönen Tag. Und dass wir Freunde sind, David. Und ... dass du mir hoffentlich verzeihst. Ich hoffe es wirklich, David... Davor habe *ich* jetzt Angst. Dass du mir das vielleicht nicht verzeihen wirst..."

„Nicht verzeihen?"

„Dass *du* irgendwann enttäuscht sein wirst. Und eine Leere empfinden wirst. Und dich einsam fühlen wirst. Dass dir meine Freundschaft nicht reicht... Dass du dich enttäuscht abwenden wirst..."

„Nein, Theresa. Von dir werde ich mich *niemals* enttäuscht abwenden. Das verspreche ich dir so sehr, wie du mir das andere versprochen hast."

Sie sah ihn mit großen Augen an. Dann kam sie in einer anmutigen, völlig überraschenden Bewegung zu ihm und gab ihm einen schnellen Kuss auf die Wange. Bevor er reagieren konnte, stand sie schon wieder in etwas Abstand vor ihm und hatte verlegen den Kopf gesenkt.

„Das war auch für dich...", murmelte sie.

„Danke...", antwortete er leise, ungläubig ihre ganze Schönheit ansehend. Und scheu fügte er hinzu: „Dann ... gehe ich jetzt für heute, ja, Theresa?"

„Ja..."

„Danke, dass du mir das alles gezeigt hast. Es war wunderschön. Und es war nicht umsonst."

*

Als er wieder zu Hause war, war er selig. Nie hätte er sich vorgestellt, ihr *so nah* sein zu können. Nie hätte er sich vorgestellt, ihr so begegnen zu dürfen; dass sie sich ihm so zuwenden würde. Aber sie hatte es getan. Es war unvorstellbar. Und sie war so wunderschön... Sie war noch viel schöner, als er sie immer gesehen hatte. Jetzt erlebte er erst, *wie* schön sie war, was für ein wundervolles Wesen sie hatte. Auch zu ihm. Auch für ihn... Er hatte bis dahin überhaupt nicht gewusst, was ein Wunder war. Dies war ein Wunder – *sie* war ein Wunder, und er durfte ... sie schenkte es ihm... Man konnte es nicht einmal beschreiben. Es war ein Wunder an Zartheit – an *ihrer* Zartheit.

Er betrat die Klasse in einer Art scheuen Glücks – und als ihre Blicke sich trafen, lächelte sie ihm zu ... und sein Glück kannte keine Grenzen. Es war, wie wenn all sein Inneres vor Seligkeit kribbelte.

Als er sich auf seinen Platz gesetzt hatte, konnte ihm nichts seine Seligkeit nehmen – dachte er. Dann aber verkündete Lars in die Klasse hinein, für den, der es hören wollte: „Ich glaube, David und Theresa *sind* ineinander...“ Sofort schlug wieder der Dämon der Angst und der Flucht zu. Heiß stieg die Scham in ihm auf – und mit ihr verbunden war vor allem die Angst, wie *sie* dies auffassen würde, die Scham, dass *sie* dies hören und ertragen musste.

„Halt's Maul!“, sagte er halbherzig.

Lars könnte ihn jederzeit zusammenfalten, wenn er wollte. Er war nicht der Typ dazu, dennoch war er ihm unterlegen.

„Also stimmt's?“, grinste Lars. Dann wiederholte er noch lauter als zuvor:

„David und Theresa sind ineinander – na, wer sagt's denn?“

Nun drehte sich Theresa auf ihrem Stuhl zu Lars um, der am Tisch neben ihm saß, und sagte:

„Sind wir *nicht*. Aber du kannst natürlich denken, was du willst.“

„Und was ist es dann?“, grinste Lars zurück. „Du hast David noch *nie* angelächelt. Eben aber so was von...“

„Man kann auch einen Freund anlächeln. Aber davon hast du natürlich keine Ahnung...“

„Oh!“, gab Lars zurück, „Theresa teilt aus, Achtung! Alle in Deckung! Seit wann kommen denn diese scharfen Geschütze? Ist etwa doch was Wahres dran?“

„Selbst das würde dich nichts angehen!“

„Hey“, rief Lars triumphierend. „Sie hat sich verraten! Es ist soweit. Theresa hat einen Freund!“

„Du bist", gab sie zurück, „einfach nur armselig!"
Damit wandte sie sich wieder um und kehrte Lars und damit auch ihm den Rücken zu.
Nun grinste Lars ihn an.
„Kannst du mir das erklären?", fragte er. „Wieso ist sie so empfindlich? Ist es ihr peinlich?"
„*Du* bist peinlich", entgegnete er trocken.
„Peinlich, aber wahr, wie?", feixte Lars.
„Wir sind *befreundet*", stellte er entschieden fest, um sie weiter zu verteidigen.
„Ah!", machte Lars besonders laut und auffällig. „Jetzt verstehe ich. *Du* bist in sie verliebt – aber *sie* ist nur mit dir befreundet. Richtig? Habe ich die komplizierten Beziehungen jetzt gut verstanden?"
„Du bist so ein Arsch..."
„Eieiei", stichelte Lars weiter, „meinst du, solche Worte gefallen ihr?"

Nun sagte Thea, die schräg hinter ihnen in der letzten Reihe saß:
„Lars, fick dich doch selbst, wenn du es heute so dringend brauchst!"
Lars drehte sich nach ihr um und sagte:
„Was geht denn bei dir falsch?"
„Bei mir? Nichts – und bei dir?"
„Danke, auch nichts!", erwiderte Lars, jetzt doch ein bisschen wütend.
Dann zog er sich wütend in sich selbst zurück und sagte nichts mehr. Thea hatte gewonnen. Er schickte ihr einen dankbaren Blick. Thea war ein emanzipiertes Mädchen, das schon mal mit Rastalocken in die Schule kam. Sie hatte offenbar einfach keine Lust auf Lars' unfaire Angriffe gehabt. Dazu musste sie mit Theresa oder ihm nicht das Geringste zu tun haben.

Während der Stunde schämte er sich dennoch dieses Vorfalls. Er schämte sich vor Theresa. Jeder kleinste solcher Sprüche entheiligte das Verhältnis zwischen ihnen – und Lars hatte es geradezu mit Füßen getreten und mit jedem seiner Worte beschmutzt. Und *er* fühlte sich für dies alles verantwortlich, denn es war seine Liebe zu ihr, die sie auf ihre Art erwidert hatte, wodurch sie überhaupt eine Beziehung hatten, die nun öffentlich wurde...

*

Am Ende der Doppelstunde schaute er scheu auf sie, was sie tun würde. Er wagte es nicht, von sich aus den Kontakt zu ihr zu suchen. Sie aber lächelte ihm zu, als ob nichts gewesen wäre, und er verstand ihre Geste – und kam zu ihr. Gemeinsam gingen sie aus der Klasse...

Im Trubel auf dem Gang sagte sie:

„Es ist mir egal, was Lars oder irgendjemand sagt oder denkt. Du brauchst dir keine Gedanken zu machen."

„Äh ... ja, okay...", stotterte er.

„Du brauchst dich auch nicht zu schämen, dass *du* mich liebst. Das wollen sie doch nur. Aber es geht sie überhaupt nichts an. Thea hat es ... etwas drastisch ausgedrückt. Aber sie merkt so was. Es gibt reife und unreife Leute. Die unreifen sind noch immer mitten in ihrer Pubertät, verstehst du?"

„Ähm, ja..."

„Was ich sagen will, ist: Es ist doch *völlig egal*, was jemand darüber denkt! Man kann es ja sowieso nicht verhindern. Also kann man es gleich lassen, es zu versuchen. Ich frage mich, was so jemand wie Lars davon hat. Aber es interessiert mich nicht... Wenn ich könnte, würde ich es ändern – einfach nur, damit er versteht, was wirklich wichtig ist. Aber ich kann es nicht ändern. Also verschwende ich meine Energie nicht daran. Er ist es einfach nicht wert. Das spürt man doch?"

„Ja..."

Auf dem Schulhof griff er das Gespräch dennoch zögernd wieder auf.

„Er hat trotzdem nicht das Recht, solche Dinge zu sagen..."

„Ja, hat er nicht. Deswegen sage ich ja auch: Es geht niemanden etwas an. Aber wenn er sich das Recht *trotzdem* nimmt ... willst du es aus ihm herausprügeln?"

Er schämte sich – dass er das nicht konnte und dass sie das sicher wusste.

„Wenn ich es könnte...", sagte er leise.

„Du bist verrückt", erwiderte sie. „Denkst du, dass die Welt davon besser wird?"

„Ja, denke ich. Manche verstehen offenbar nur diese Sprache."

„Er hat auch Theas Sprache sehr gut verstanden."

„Ja, aber ich ... ich hätte mich vor dir geschämt, so etwas zu sagen. Ich habe mich auch bei *meiner* Antwort schon geschämt..."

„Danke, dass du das sagst, David", sagte sie nun warm. „Ich mag diese Sprache ja *auch* überhaupt nicht. Thea hat mit Worten geprügelt. Danach war zwar Ruhe – aber war das nun gut? Es war gut, dass danach Ruhe war – aber nicht gut, wie es lief. Verstehst du?"

„Ich war jedenfalls froh, dass Thea das gesagt hat – auch wenn *ich* es nicht gesagt hätte."

„Ja, ich auch."

„Aber das ist doch auch merkwürdig, oder?"

„Nein, sie hat ja nicht nur gesprochen, sie hat uns doch auch geholfen. *Das* war schön..."

„Ja, ich verstehe."

„Trotzdem habe ich dafür keine Lösung. Ich finde es traurig, dass man so miteinander umgeht. Sogar ich habe mitgemacht."

„Du!?", fragte er entgeistert.

„Ja, ich war sarkastisch, und ich habe ihn als ‚armselig' bezeichnet."

„Aber wenn er armselig *ist*?"

„Dann müsste man ihm eigentlich um so mehr helfen."

„Wie soll man das denn machen?"

„Das weiß ich nicht. Das geht nicht mal eben so."

„Solchen Leuten *ist* nicht zu helfen."

„Dann müsste man die Welt aufgeben."

„Was meinst du?"

„Die Welt – für die sich keiner interessiert. Wenn man denken würde, ‚solchen Leuten ist nicht zu helfen' – wenn man das immer denken würde ... dann bliebe immer alles, wie es ist. Das Schlechte würde immer schlecht bleiben und sogar noch schlechter werden – und das Andere würde die Welt nicht retten können, weil es ja nichts ändert. Und weil das Schlechte die Welt kaputtmacht. Kann man da auch sagen: ‚Dem ist nicht zu helfen'?"

„Nein...", gab er zu.

„Ich habe keine Lösung. Aber das, wie es vorhin lief, kann es nicht sein."

„Ja ... aber was dann...", sagte er nachdenklich.

„Man kann den Leuten nur beibringen, wie es anders gehen könnte. Wenn man ihnen *das* beibringen könnte... Aber wir gehen in die Schule und lernen alles Mögliche, aber *das* nicht, darüber wird nicht einmal gesprochen. Das ist eigentlich das Allerschlimmste. Das über das Allerwichtigste nicht einmal gesprochen wird..."

Sie sah ihn einen Moment lang traurig an. Dann sagte sie: „Ich muss noch Clara helfen. Sie hat mich was wegen Mathe gefragt – sie braucht es für die nächste Stunde..."

„Ja, gut..."

„Bis dann..."

„Bis dann..."

Traurig sah er ihr hinterher. Immer mehr empfand er ihr Wesen. Aber es war für ihn weit weg. *Er* würde nie so sein können wie sie – und er würde sie nie haben dürfen, nie wirklich... Das seligste Glück ihrer Nähe war immer begleitet von der Sehnsucht nach mehr...

*

In der nächsten großen Pause fragte sie ihn:
„Willst du nach der Schule nochmal mit mir mitkommen? Ich habe dir gestern noch nicht alles gezeigt..."
Er war von ihrem Angebot völlig überrascht. Sein Herz begann unmittelbar wieder, heftig zu klopfen.
„Äh, ja – gerne..."
„Gut", lächelte sie.

Und so durchlebte er den restlichen Schultag mit einer von neuem leise furchtsamen Erwartung und aufregenden Vorfreude. Er war der Fülle der immer wieder in ihm aufsteigenden Empfindungen hilflos ausgesetzt...

Nachdem es zum Schulschluss geklingelt hatte, gingen sie im Strom der übrigen Schüler aus dem Gebäude, über den Schulhof und in Richtung der Bushaltestelle. Wieder fing er ein grinsendes Augenzwinkern von Martin auf, der sie auch diesmal überholte.
„Die können das nicht lassen", sagte sie.
„Martin ist eigentlich ganz nett", erwiderte er entschuldigend. „Er war auf seiner Party echt fair. Ich kam als Allererster – und er hat sich nicht über mich lustig gemacht."
„Ja, ich weiß. Ich weiß, dass er nett ist. Auch wenn man es nicht sofort sieht: Er ist anders als die anderen – und trotzdem auch wieder nicht. Und das meine ich. Er zwinkert *dir* zu – und *ich* bin ihm in dem Moment völlig egal."
„Das glaube ich nicht...", wandte er zögernd ein.

„Er meint es nicht *böse* – das meine ich auch nicht. Ich meine nur, wie es *ist*. Es ist so, dass er *dich* meint. Und es ist ihm völlig egal, wie ich es empfinde, wenn er so zwinkert. Verstehst du? Es *ist* ihm egal, sonst würde er es nicht machen. Er *weiß* nicht mal, dass man sich darüber Gedanken machen könnte. Er merkt es nicht mal. Also meint er es nicht böse – weil er es nicht mal merkt.

Ich bin ihm auch nicht ,egal' in dem Sinne, dass er mich nicht auch mag, wie andere, ich meine nur, dass er in dem Moment überhaupt keine Rücksicht nimmt. Oder, sagen wir: dass er in dem Moment überhaupt nicht *nachdenkt*. Das ist alles, was ich sagen will. Niemand denkt nach. Jeder macht einfach, was er denkt, ohne nachzudenken! Ohne nachzudenken, wie es jemand anderem damit gehen könnte. Und *das* finde ich schlimm..."

Beeindruckt hatte er ihrer langen Rede zugehört. Er hätte es nie auch nur annähernd so gut erklären können. Jetzt erst verstand er wirklich klar, warum er sich schämte – obwohl er es immer schon gewusst hatte. Aber sie hatte es wirklich auf den Punkt gebracht.
„Ja, du hast Recht. Das ist schade. Es ist schade, *weil* er eigentlich so nett ist."
„Ja", lächelte sie, „er ist nicht nett *genug*..."
Er schwieg nachdenklich.
„Die Welt", sagte sie nun, „könnte eigentlich so wundervoll sein, wenn alle nur ein bisschen mehr nachdenken würden... Ein bisschen mehr an den Anderen denken... Jeder ein bisschen..."

Als sie im Bus neben vielen anderen Schülern standen, alberten neben ihnen zwei noch größere Jungs miteinander rum, pöbelten sich spielerisch an, und schließlich schubste ein Junge den anderen, so dass dieser recht unsanft gegen Theresa stieß und sie aus dem Gleichgewicht kam. Er sah sich kurz nach ihr um und kicherte dann mit seinem Kumpel auch darüber.

„Könnt ihr nicht aufpassen?", sagte er wütend.

Daraufhin pflanzte sich der, der den anderen geschubst hatte, vor ihm auf und sagte:

„Was willst *du* Saftsack denn?"

„Dass ihr aufpasst!"

„Wir passen schon auf, halt du dich da mal raus."

„Er ist kein Saftsack", sagte Theresa. „Warum sagst du so etwas?"

„Oh – ist das etwa deine Freundin?"

„Warum sagst du so etwas", wiederholte sie, „und warum schubst du deinen Freund, während hier so viele Leute stehen, und warum", sie wandte sich an seinen Kumpel, „entschuldigst du dich nicht, wenn du gegen jemanden rempelst?"

Die beiden feixten weiter, und der Erste sagte:

„Das waren etwas viele Fragen auf einmal, schöne Dame."

„Und", erwiderte sie, „in welcher Klasse seid ihr? Beherrscht ihr etwa noch nicht das kleine Einmaleins, um mit einer Handvoll Fragen zurechtzukommen oder euch so zu benehmen, dass man gar keine Fragen stellen muss? Seid ihr in der elften, oder was? Wie lange wollt ihr eure Pubertät denn *noch* ausdehnen?"

Die beiden prusteten wieder über den Schwall der Antwort, alberten nun aber doch zurückhaltender weiter. Sie hatte gegen die beiden gewonnen, auch wenn sie es nicht zugaben.

Als sie umgestiegen waren und einen Sitzplatz gefunden hatten, sagte sie:

„Das war wieder das Gleiche. Sie lassen sich auf die *ehrlich* gemeinten Fragen nicht ein. Sie machen einfach weiter. Immer muss es um Ärgern, Pöbeln und Mobben gehen. Wieso? Wieso geht es nicht anders? Ich dachte, in der elften Klasse ist man längst vernünftiger. Aber manche Jungs sind es offenbar nicht. Wieso nur? Wie rücksichtslos kann man denn sein?"

Er schwieg ratlos.

„Du hättest", sagte sie nun, „nicht zulassen dürfen, dass er dich so nennt."

„Ja, ich weiß...", erwiderte er beschämt. „Normalerweise hätte ich gar nichts mehr gesagt. Gegen so Größere ist man einfach machtlos."

„Denkst du, sie hätten dich verprügelt?"

„Das weiß man ja nicht."

„Aber es waren doch überall andere Leute!"

„Sie könnten ja mit einem aussteigen..."

„Also hattest du Angst?"

„Ja, schon", gestand er. „Man darf eigentlich keine Angst haben..."

„Ja, das ist leicht gesagt, wenn man schon welche hat."

„Aber das spüren sie doch auch. Sie sind ja so, wie sie sind, weil sie wissen, dass sie es mit einem machen können. Wenn man ihnen zeigt, dass sie es nicht können, hören sie auf..."

„Ja, aber du bist ja auch ein Mädchen. Dich lassen sie in Ruhe..."

„Dich hätten sie auch in Ruhe gelassen. So was sieht man. Ich weiß, dass sie es getan hätten. Und wenn nicht, wären noch andere dagewesen. Ich zum Beispiel."

„Ja, ich schäme mich ja auch..."

„Das brauchst du nicht. Ich schäme mich genauso, denn du hast mich ja verteidigt..."

Er schwieg dankbar.

Als sie ausstiegen, sagte sie:

„Es ist überall das Gleiche. Die Jungs und die Männer – sie machen alles kaputt. Hier sind es nur Sprüche. Woanders ist es eine Prügelei. Und noch woanders wird es Krieg. Männer fühlen sich mit Waffen stark – und sie können nicht aufhören, bis sie sie nicht auch benutzen. Der Gegner ist immer der

Böse und muss vernichtet werden. Funktionieren Männer so? Ich weiß auch nicht, was gegen den IS geholfen hätte. Aber ist das die Lösung – alles in Schutt und Asche zu legen? Wann hört das auf?"
Wieder schwieg er ratlos. Wenn alle so denken würden wie sie, *gäbe* es keinen Krieg...
„Wenn alles zerstört ist, ist man zufrieden. Und alle sind gegen den Krieg, nicht wahr? Aber prügeln darf man. Aber schimpfen darf man. Schimpfworte, Mobbing, Schubsen, das alles darf man... Und keiner merkt, dass man das Gleiche macht wie die Allerschlimmsten. Nämlich nicht auf den Anderen achten. Und dann wundert man sich, dass die Welt so ist, wie sie ist. Aber letztlich ist einem *sogar das egal*."

*

Als sie bei ihr zu Hause ankamen, empfing sie ihre Mutter: „Oh, Schätzchen, das ist heute etwas ungünstig – dein Vater kommt auch gleich, und wir wollten heute früher essen, etwa in einer halben Stunde, weil er dann noch einen Termin hat."
„Kannst du uns nicht erst einmal begrüßen?", fragte sie.
„Oh, natürlich, hallo Schätzchen. Hallo –"
„David."
„Ja, hallo, David."
Die Mutter sah wieder etwas ungeduldig ihre Tochter an.
„Könnt ihr nicht allein essen?", fragte sie.
„Du weißt, dass dein Vater solche Überraschungen nicht mag."
„Dann isst David eben heute mit. Dagegen kann er doch nichts haben."
„Ja, gut, ich werde deinen Vater fragen. Will er das überhaupt?"
Theresa sah ihn an.
„Meinetwegen...", murmelte er unschlüssig, leicht überfordert. „Ich will aber keine Unannehmlichkeiten bereiten."

„Das tust du nicht", sagte sie. „Dann ... sind wir jetzt erstmal so lange in meinem Zimmer..."

„Ja..."

In ihrem Zimmer fragte er mit gedämpfter Stimme:
„Ist wirklich alles in Ordnung?"
„Ja ... wenn es für *dich* in Ordnung ist?"
„Ja – und wenn es für deinen Vater in Ordnung ist..."
„Wird es schon. *Er* hat ja den frühen Termin – und wenn er es nicht in Ordnung findet, muss er mit Mama alleine essen."
„Und wenn er dann sauer auf dich ist?"
„Wird er schon nicht."
„Und wenn er dann sauer auf *mich* ist?"
„Dann bekommt er es mit mir zu tun", lächelte sie. „Du hast ja schon wieder so viel Angst..."
„Ich habe nur Befürchtungen."
„Mach dir keine Sorgen. Es wird schon alles gut."

Er fand es schade, dass er nun so völlig gestört in ihr Reich eingetreten war. Er fühlte sich tatsächlich wie ein Eindringling, der ohne die gebührende Vorbereitung hereingekommen war. Und er versuchte, die Stimmung von gestern wiederzufinden. Er betrachtete ihre Poster, diesen völligen Gegensatz von dem ‚Kinderbild', das dennoch so unglaublich zu ihr passte und auch wirklich schön war, und dem anderen Bild mit den Gleisen – und allmählich tauchte er wieder ein in *ihr* Reich...
Die Bücher waren jetzt ordentlich beiseite geräumt.
„Was wolltest du mir denn zeigen, Theresa?", fragte er vorsichtig.
Sie ging zu ihrem Bett und setzte sich.
„Setz dich...", sagte sie auch zu ihm.
Befangen setzte er sich zu ihr. Das Herz klopfte ihm wieder bis zum Hals.
„Darf ich dich erst etwas anderes fragen?", fragte sie.

Nun zersprang sein Herz fast.

„Was denn?", brachte er hervor.

„Du hast doch vorgestern gesagt: ‚Und es war nicht umsonst...', weißt du noch?"

„Ja...", sagte er mit einer wachsenden Angst.

„Wie ... wie geht es dir jetzt damit?"

„Meinst du...", fragte er zögernd, „was ich fühle?"

„Ja. Alles... Habe ich dir ... irgendetwas ... na ja ... näherbringen können? Ich meine ... bedeutet dir jetzt etwas etwas...?"

Ihre sanften Fragen konnten ihm nur einen Teil seines Unbehagens nehmen. Der andere Teil blieb mit seiner eigenen Unfähigkeit verhaftet.

„Ich weiß nicht", erwiderte er zögernd und beschämt, „ob das so *schnell* geht... Ich meine ... es war unglaublich schön, Theresa. Und ... ich weiß jetzt viel mehr. Und verstehe, was dir so viel bedeutet. Und – –"

„Aber *dir* bedeutet es noch immer nicht mehr?"

Er sah sie fast bittend an.

„Doch... Das kann ich so nicht sagen", erwiderte er völlig hilflos. „Es bedeutet mir *schon* mehr. Nur ist es *schwer*, Theresa... Es ist schwer, zu Etwas zu kommen, wenn man bei Null anfängt. Du hast es ja richtig erkannt..."

Traurig sah sie vor sich hin.

„Schwer?", fragte sie traurig. „Also noch immer...?"

„Ja..."

Nun war sie wirklich ratlos.

„Was heißt ‚schwer'", fragte sie leise. „Wie soll es denn dann *überhaupt* gehen...?"

„Es...", stammelte er bittend, „es heißt nicht, dass da *nichts* ist, verstehst du? Aber ... aber ich weiß nicht, wie ich dahin kommen kann, wo *du* bist. Was *du* fühlst. Ich würde es so gerne, Theresa! Aber ich weiß nicht, wie ich es schaffe..."

„Du würdest gerne?"

„Ja!", sagte er innig.

„Aber was kann ich denn tun..."

„*Verachte* mich bitte nicht..."

„Ich verachte dich doch nicht."

„Sei bitte nicht enttäuscht von mir, Theresa..."

„Ich..."

„Bitte... Bitte hilf mir... Gib mich nicht auf..."

Sie sah ihn ratlos an, mit gutem Willen, aber ratlos. Wie innig gern hätte er sie jetzt geküsst...!

Sie stand auf und ging zu ihrem Schreibtisch. Dort nahm sie zwei vollgeschriebene Blätter aus ihrem Notizblock und gab sie ihm.

„Eigentlich wollte ich dir das zeigen...", sagte sie leise.

Er las ihre Zeilen. Es war ein Brief, gerichtet an die Kanzlerin persönlich. ‚Liebe Bundeskanzlerin...', las er. Und dann bat dieses Mädchen, das jetzt wieder still und verletzlich neben ihm saß, um den aufrichtigen Einsatz der mächtigen Kanzlerin um den Schutz der Regenwälder. Und sie wusste genau, was zu ihrem Schutz offiziell alles geschah, aber dass das nicht reichte, und sie bat um mehr. Und sie beschrieb zwei, drei Wunder der Tierwelt – und schrieb alles in so berührender Weise, dass seine Liebe in tiefen Aufruhr geriet, wie zwei Tage zuvor, als sie in genau derselben Weise ihm das Buch gezeigt hatte...

Als sie sah, dass er den Brief zu Ende gelesen hatte, sagte sie leise:

„Ich habe noch mehr Briefe. An Firmen, die an der Zerstörung beteiligt sind. Ich werde sie alle abschicken. Und ich werde weitere Briefe schreiben... Und ich werde mich nicht nur um den Regenwald kümmern..."

Er wagte kein Wort, so beschämt war er.

„Aber", fuhr sie fort, „ich bin damit *allein*. David. Ganz allein... Die anderen ... machen ‚ihr Ding' ... und allen ist alles egal... Sie tun einfach nichts. Und es berührt sie nicht..."

„Theresa...", sagte er voller Liebe. „Du weißt nicht, wie das ist. Ich *möchte* dasselbe fühlen wie du, Theresa. Aber es ist nicht dasselbe. Es ist, wie wenn ein Riegel davorliegt. Ein Mädchen kann nun mal viel *mehr* fühlen. Und du sowieso. Ich weiß nicht, wie ich es machen soll! Ich möchte, aber ich kann nicht. Ich bin doch selber verzweifelt..."
„Ich auch. Ich weiß auch nicht, wie ich es machen soll."

Ratlos saß er neben ihr. Es sah ihre traurige Hilflosigkeit und *alles* an ihr berührte ihn – und doch fühlte er sich so unsäglich unfähig.
„Ich bin ein Versager, Theresa...", sagte er leise. „Ich schaffe es nicht. Nicht so, wie du es erwartest..."
Sie schwieg noch immer, betroffen.
Dann verstrich auch dieser Moment – und schließlich wurde seine Scham derart überwältigend, dass er aus einem verzweifelten Impuls der Selbstachtung heraus hervorbrachte:
„Theresa ... ich ... ich gehe jetzt. Du *kannst* mich verachten... Aber bitte nicht völlig..."
Er hatte sich erhoben und ging wie getrieben zur Tür.
„David!"
Er wagte es nicht stehenzubleiben.
„Verzeih mir!", bat er noch.
Dann war er draußen, zog im Flur schnell seine Schuhe an, und wollte gehen, aber sie war ihm nachgekommen.
„Warte doch, David..."
„Nein – bitte... Ich halte es nicht aus. Ich – – Bitte verzeih mir, Theresa!"
„Aber –"
Er floh geradezu aus der Tür. Er blickte sich nicht noch einmal um, obwohl er völlig verzweifelt über seine und über ihre Reaktion war und sich selbst *dafür* schämte. Scham häufte sich auf Scham, und er floh kopfüber...

*

Er war völlig verzweifelt und am Boden zerstört, als er zu Hause ankam. Die Fragen seiner Mutter wehrte er ab und zog sich sofort in sein Zimmer zurück. Dort warf er sich aufs Bett und ließ die unendlichen Wogen der Verzweiflung über sich hinwegbranden...
Nun hatte er verloren. Er hatte *alles* verloren – *sie*, für immer, und nichts anderes hatte mehr Bedeutung. Und wenn er an sie dachte, ihre Bewegungen, an den Samstag mit ihr im Wald, neben ihr auf dem Bett, an jede kleinste ihrer Regungen, dann schüttelten ihn seine Tränen... Seine einzige Liebe. Und er hatte sich ihrer schon als Freund nicht würdig erwiesen. Und er würde nie ... nie ihre zarte Liebe empfangen. Tränen... Selbst ihre Freundschaft hatte er heute verloren. Tränen... Selbst ihren Blick würde er nie wieder bekommen. Tränen.

Tiefste Verzweiflung. Hilfloses Schluchzen. Immer wieder...

Am nächsten Morgen wagte er es von neuem nicht einmal, in ihre Richtung zu blicken.
Noch bevor er sich gesetzt hatte, erfasste Lars die Situation sofort und kommentierte:
„Oh – es geht mich zwar nichts an, aber ... da ist wohl gestern etwas auseinandergegangen..."
Wortlos stand Theresa auf und ging zu dem Tisch von Lars, ohne ihn unterwegs eines Blickes zu würdigen. Sie beugte sich vor, um Lars zu erreichen – und klatschte ihm eine Backpfeife.
„He, bist du jetzt völlig verrückt!", rief dieser außer sich, aber sie ging bereits wieder an ihren Platz zurück.
„Theresa for Champion!", rief Till johlend aus der Ecke.
„Die spinnt doch *total*!", regte Lars sich noch immer auf.
Er selbst war von dem Geschehen völlig fassungslos ereilt worden und konnte noch immer keinen klaren Gedanken fassen. Er sah ihren zarten Rücken, der sich nicht regte – und wusste nicht im Geringsten, was dies alles zu bedeuten hatte. Nur, dass Theresa all ihre Grundsätze über Bord geworfen hatte, um es Lars zu zeigen. Aber auch von ihm wollte sie offenbar wirklich nichts mehr wissen...

Ein paar Sprüche gingen noch hin und her, dann fing die Stunde an – und weder Lars noch jemand anders redete noch einmal darüber.

Als die Stunde endlich zu Ende war, gingen sich alle aus dem Weg, die aneinandergeraten konnten. Er selbst vermied weiter ängstlich jeden Blick auf Theresa, weil seine Scham ihn nach wie vor überwältigte. Und so begann die zweite Stunde.
Als dann endlich die große Pause kam, schlich er als einer der Letzten aus der Klasse.
Dennoch bekam er auf dem Gang mit, wie nun Lars Theresa zur Rede stellte. Er hatte offenbar auf sie gewartet, trat nun

auf sie zu und fasste sie grob an der Schulter, um sie zum Stehenbleiben zu bringen. Dann fuhr er sie an:
„Was sollte das heute Morgen, hä?"
Sie aber entwand sich seinem Griff und entgegnete heftig:
„Fass mich nicht an!"
„Aber *du* darfst mich schlagen, ja?"
„Du weißt genau, wofür das war!"
„Ich könnte dich dafür anzeigen, das ist dir ja wohl klar!"
„Dann tu es doch – du Feigling!"
„Bist du jetzt völlig übergeschnappt!"
„Nein, ich habe nur genug von deinen Sprüchen. Du kannst dich nur *wichtigmachen* – indem du andere bloßstellst. Das ist das Einzige, was du kannst. Beweis mal, dass du auch das *Gegenteil* kannst! Das würde ich zu gern mal sehen. Es tat mir *leid*, dass ich dich ‚armselig' genannt habe. Jetzt tut es mir leid, dass es mir leidtat! Wie *kann* man nur so sein wie du!"
Damit ließ sie ihn stehen.

Er war in sicherer Entfernung wie angewurzelt stehengeblieben. Jetzt versuchte er, sich an Lars vorbeizudrücken, fing aber einen wütenden Blick von ihm auf – doch es geschah nichts weiter.
Auf dem Schulhof hätte er sich am liebsten unsichtbar gemacht. Er wollte ihr nicht begegnen – die Scham schien nur noch immer weiter zu wachsen. Aber sie kam auf ihn zu, bevor er sie überhaupt entdeckt hatte. Auf das Schlimmste gefasst, erwartete er das Unvermeidbare...

„David?", sagte sie weich. „Wegen gestern... Es ... es tut mir leid! Ich glaube, es war alles meine Schuld... Bitte verzeih mir... Das wollte ich nicht..."
Fassungslos sah er sie an. Er war völlig unfähig zu sprechen – hin- und hergerissen zwischen unglaublicher Scham und unglaublichem Erstaunen.

„Kannst du...", fragte sie zögernd, „können wir ... können wir noch einmal einen Versuch machen? Ich meine –"
Noch immer konnte er, jetzt erst recht, nichts hervorbringen.
„Ich meine", mühte sie sich weiter, „so ... als ob ... du dich nicht hättest schämen müssen...? *Ich* schäme mich, David... Ich war ... ganz bestimmt viel zu egoistisch in meinen ... Erwartungen. Ich dachte ... ich hätte gar keine. Verstehst du? Ich dachte, ich hätte nur Hoffnungen gehabt. Aber... Aber du hättest nicht weglaufen müssen, David! Ich war einfach nur ratlos... Aber du doch auch! Bitte... Bitte verzeih mir... Bitte gib mir noch eine Chance..."
Er war völlig erschlagen. *Sie* bat ihn...!
Die Tränen traten ihm in die Augen – mitten auf dem Schulhof. Er bekämpfte sie mit aller Macht und wischte sie fort.
Dann presste er hervor:
„Theresa – ich – ich *liebe* dich... Ich – –"
Nun konnte er nicht mehr sprechen. Er kämpfte die übermächtige Rührung erneut nieder und sagte mühsam:
„Ich will nur *bei* dir sein... Ich tue alles ... was ich kann. Wirklich alles... Aber bitte ... verzeih mir, wenn es nicht *genug* ist!"
Nun verschleierte sich sein Blick völlig, und er musste erneut seine Hand vor das Gesicht nehmen, sich die Tränen aus den Augen wischen...
„O Gott, David...", sagte sie leise, nun auch sie tief beschämt, weil mehrere das Geschehen mitbekamen. „Wein' doch bitte nicht..."
Er fühlte ihre Hand auf seinem Rücken, sie streichelte ihn einmal sanft – es war so wunderschön...

Er fasste sich wieder und sah sie an – beschämt, dankbar, verletzlich...
„Ist es jetzt wieder gut?", fragte sie weich.
Er nickte. Ihr Gesicht hellte sich auf.

„Hast du...", fragte sie noch immer so weich, „schon nach dem Tanzkurs geguckt?"

Er schüttelte den Kopf.

„Nein – das habe ich nicht mehr gewagt. Ich dachte ... ich dachte, ich sehe dich nie wieder..."

„Dann guck bitte heute... Ja?"

„Ja..."

Er konnte nicht aussprechen, wie dankbar er war. Es übertraf alles, was man mit Worten sagen konnte.

Und dann begann die Englischstunde, in der er ihr gegenübersaß. Immer wieder begegneten sich ihre Blicke. Er wollte sie damit gar nicht beschämen – er blickte sie viel, viel länger an, als es ihr auffiel, einfach, weil er seinen Blick nicht von ihrer wundervollen Gestalt abwenden konnte. Wenn sich ihre Blicke dann trafen, wobei er so tat, als sei es zufällig, dann webte etwas unbeschreiblich Schönes zwischen ihnen. Es war dieses einzigartige Mysterium gegenseitiger, geheimnisvoller Zuneigung, auch wenn die Liebe noch immer einseitig war...

Sie gingen wieder gemeinsam spazieren. Noch am Dienstag hatte er nach Tanzkursen geschaut und mit einem heiligen Schrecken gesehen, dass jetzt im Juni wieder ein Kurs beginnen würde. Sie hatten sich beide angemeldet, und nun waren es nur noch fünf Tage, bis der erste der zehn Termine da sein würde.

„Hast du denn eine schwarze Hose?"
Das Tanzstudio verlangte nicht gerade Hemd und Anzug, aber gepflegte Kleidung, wozu für die Männer eine schwarze Hose gehörte.
„Nein, muss ich mir noch besorgen."
„Und schwarze Schuhe?"
„Muss ich mir auch noch besorgen."
„Ich brauche auch neue Schuhe..."
Er war berührt, dass sie für diesen Kurs selbst auch Mühen und Ausgaben hatte...
„Und ... ist das in Ordnung?", fragte er besorgt.
„Ja, natürlich. Mein Papa hat sogar mit den Augen gezwinkert! Dass ich ,endlich mal was Vernünftiges mache', hat er gesagt!"

Er war betroffen.
„Das hat", fragte er zögernd, „dir bestimmt wehgetan, oder?"
„Ja, wahrscheinlich... Ich merke das schon gar nicht mehr. Er meint es ja nicht böse – und ich erwarte von ihm gar nichts anderes mehr. *Das* ist eigentlich traurig, oder? Dass man irgendwann aufhört, etwas zu erwarten? Es ist wie das Absterben einer Pflanze... Eigentlich sind Erwartungen doch etwas Schönes. Es sind doch eigentlich *Hoffnungen*. Hoffnungen sind wie Pflanzen... Bei meinem Vater ist *diese* Hoffnung nicht mehr lebendig..."
Bestürzt hatte er zugehört. Er musste wieder an seine eigenen Schwierigkeiten und an ihre Hoffnungen denken, die bei ihm

offenbar noch lebendig waren. Aber wie lange noch? Er fühlte wieder die Furcht in sich aufsteigen – und die Sehnsucht. Sie sagte weich:

„*Du* musst keine Angst haben, David. Du bist doch ganz anders. Ich weiß, dass sich keiner solche Mühe gibt wie du...“ Das beschämte ihn wiederum unsäglich. Was nützte alle Mühe, wenn er sie dennoch enttäuschte?

„Theresa...“, brachte er hervor, „bitte hilf mir doch irgendwie... Ich weiß, du hast schon so unglaublich viel getan... Aber – –“
Sie sah ihn an, verwundert, auch voller Sehnsucht ... dass er es könnte.
„Ich weiß es doch nicht...“, antwortete sie leise. „Ich habe doch schon gesagt ... wie kann man es denn beibringen? Man *kann* es nicht ‚beibringen‘. Du weißt doch alles... Du hast es doch ... siehst es doch bei mir... Es ist Interesse, David. Und es ist dann *mehr* als Interesse. Es ist ... es ist *auch* Liebe...“
Beschämt schwieg er. Er liebte sie. Aber das andere? Das, was ... sie offenbar liebte? Es war ihm, als ob alle Liebe, die er in sich hatte, ausnahmslos zu ihr strömte...

Sie dachte nach.
Dann hob sie einen großen Ast auf, der die Länge eines Wanderstocks hatte. Sie benutzte ihn ein paar Schritte als solchen. Dann hielt sie ihn hoch. Im Weitergehen sagte sie:
„Als Kind habe ich oft ‚Wanderer‘ gespielt. Das hat“, sie lächelte, „vielleicht auch mit dem Poster zu tun – mit den Gleisen, weißt du? Man weiß nie, wo man hinkommt... Man hat in sich so ein Bild von einem Wanderer. Ein alter Mann mit weißem Bart. Vielleicht ist er auch ein Schäfer... Die haben ja auch einen Stock, nicht wahr? Aber das Wandern – und dieses Bild ... von einem alten weisen Mann, der alles schon gesehen hat ... und doch alles nur um so *mehr* liebt, so voller Güte und all das, verstehst du? Das hatte ich irgendwie

schon als kleines Kind in mir. Irgendwie hatte ich das in mir, während ich manchmal mit viel zu großen Stöcken *auch* Wandern spielte... Ich wusste, dass mit dem Wandern ein Geheimnis verbunden ist... Wieder ein Geheimnis", sagte sie von neuem lächelnd, mit einem scheuen Blick zu ihm, der ihn unsäglich berührte.

Dann fuhr sie fort:
„Ich denke, wer viel wandert, der sieht auch viel, nicht wahr? Und wer viel sieht ... der lernt vielleicht eine große, große Liebe ... wenn er es *richtig* macht. Das ist eine Art Ideal von mir. Das merke ich erst jetzt, wo ich darüber spreche. Dieser alte Mann, den ich so nie gesehen habe, ist eine Art Vorbild für mich. Er *hat* es richtig gemacht. Und ... er könnte es nun vielleicht anderen beibringen. Aber vielleicht auch nicht. Vielleicht würde man es von ihm auch nur lernen, wenn man ihn *liebhat*... Wenn man ihn zum Vorbild hat... Ich weiß auch nicht...“
Sie lächelte etwas verlegen.
„Ich weiß auch nicht, warum ich das jetzt alles gesagt habe. Eigentlich sollte dieser Ast nur ein neues Beispiel sein. Das letzte Mal der kleine Zweig – diesmal der große Ast...“
Sie hielt ihn waagerecht vor ihn hin.
„Siehst du?“
Dann betrachtete sie ihn selbst aufmerksam, strich behutsam über seine Rinde hinweg, fuhr die kleinen Stellen entlang, wo Zweige abgebrochen waren, wieder am Hauptast entlang...

„Es ist *falsch*“, fuhr sie unvermittelt fort, „wenn man denkt, das ist nur ein Ast. Es *ist* ‚nur‘ ein Ast – aber es ist *dieser* Ast, und jetzt hat man mit ihm eine Begegnung. Aber es liegt bei dir, David. Es liegt bei einem selbst, ob man sie hat. Die meisten haben sie nicht, verstehst du? Und dann bleibt nichts übrig. Dann kann man ihn gleich wieder wegwerfen. Oder später. Es macht keinen Unterschied, ob man ihn in der Hand hat oder wieder wegwirft. Aber in Wirklichkeit hat man ihn *aufgehoben* – verstehst du? Man hat ihn aufgehoben! Und in demselben Augenblick ist eine Begegnung da. Nur wenn man es ernst nimmt. Oberflächlich ist natürlich nichts da. Aber in der Tiefe ... da gibt es diesen Ast nur ein einziges Mal auf der ganzen Welt. Und wenn man ihn in diesem Moment nicht aufgehoben hätte, hätte man ihn *nie* aufgehoben, nie wieder... Den meisten ‚Dingen' begegnet man also nie wirklich. Aber wenn man etwas *aufhebt* – –"

Sie machte eine Pause, während sie den Satz in der Schwebe ließ, und er hörte fast atemlos zu, weil ihr ganzes Wesen ihn fortwährend berührte.

„Wenn man etwas *aufhebt*, David, dann ... dann hat man eine Art Verantwortung. Denn nun liegt es in der eigenen Hand, buchstäblich, wortwörtlich, ob eine Begegnung zustande kommt oder nicht... Man kann die Dinge wirklich *verkennen*. Man kann sie *er*kennen – und man kann sie *ver*kennen... Du musst dir wirklich vorstellen, dass du dieser *Ast* wärst, David – oder ein anderes Ding. Stell dir vor, du wärst es. Du wärst lebendig, du wüsstest das ganz genau. Und jetzt kommt ein Mensch, und nimmt dich, hebt dich auf... Und du bist eigentlich glücklich darüber, dass dich jemand *gesehen* hat... Aber nun ... nun merkst du, dass das gar nicht stimmt. Er hat dich zwar gesehen, aber er sieht nicht, wer du bist. Das musst du dir ganz genau vorstellen, David! Er sieht nicht, wer du bist! Er sieht überhaupt nichts. Und dann wird dir klar, was los ist... Du fühlst dich ... entsetzlich *benutzt*. Denn das ist es, was der Mensch tut: er *benutzt* dich... Das musst du dir mit aller Stärke vorstellen..."

Und nach kurzer Zeit fuhr sie mit einer unglaublichen Sanftheit fort:
„Und dann musst du dir vorstellen, dass das ‚Ding' in Wirklichkeit lebendig ist. Du hebst es auf ... und hast eine Verant-

wortung dafür, es wie etwas Lebendiges zu behandeln, mit einer Zuneigung... Aber dafür musst du es spüren. Du musst spüren, dass es sich von dir hat aufheben *lassen*... Dass es sich freut, jetzt *bei* dir zu sein... Für dich *da* zu sein, wie lange auch immer... Und es möchte sich nicht benutzt fühlen. Das möchte es nicht, das verstehst du, oder? Und es hat es *verdient*, David! Es hat verdient, sich nicht benutzt zu fühlen. Sondern geachtet. Und noch mehr... Geliebt, David... Wirklich geliebt... Mit einer Liebe, die einfach da ist, wenn man ... wenn man sein *Herz* öffnet..."

Sie sah ihn sanft und verletzlich an.
„Und das ist so ein Ast, David... Das ist *dieser Ast*... Er möchte *geliebt* werden! Auch von dir..."
Sie gab ihm den Ast, bevor er sich dagegen wehren konnte. Er musste ihn nehmen – und hielt ihn bereits in der Hand, als er nichts mehr dagegen tun konnte. Und mit ihm ihre Worte... Hilflos hielt er diesen abgebrochenen Ast in der Hand, dem er Liebe entgegenbringen sollte, weil er etwas Lebendiges sein sollte. Das einzig Lebendige war sein Drang, ihn ihr wieder zurückzugeben, um die Verantwortung loszuwerden. Hilflos sah er den Ast an und fühlte nicht das, was sie so sehr hoffte. Die Verantwortung war zu groß. Er konnte nicht einem Ast gegenüber fühlen, was er *ihr* gegenüber fühlte...
Und mit versagender Stimme brachte er hervor:
„Und wenn ... ich es nicht schaffe, Theresa ... ist dann ... alles vorbei...?"

Bestürzt sah sie ihn an:
„Was meinst du? Meinst du ... mit uns?"
„Ja..."
„Aber David! Nein! Ich ... ich weiß dann nicht – – ich weiß dann nicht, was ich tun soll, aber ... nein, David, bitte... Du ... du hast immer viel zu viel Angst. Vielleicht ... hindert dich gerade *das*... Du sollst den Ast doch nicht lieben, weil du

Angst haben musst, wenn du es nicht schaffst! Du sollst lernen, ihn von *dir* aus zu lieben. Du brauchst keine Angst zu haben... Du sollst an *ihn* denken... In aller Ruhe. Du sollst dich freuen... Du kannst nicht an ihn denken, wenn du Angst haben musst und daran denken musst. Aber du brauchst keine Angst zu haben. Du brauchst nur spüren, was ich gesagt habe. Nicht jetzt, wenn du nicht kannst. Aber irgendwann ... nach und nach. Es tut mir leid, wenn ich dich immer unter Druck setze. Das wollte ich nicht – und will es nicht. Ja, David...?" Ihre unendlich weiche Frage am Ende berührte ihn zutiefst. Er schämte sich von neuem auch deshalb.

Leise sagte er:
„Wenn ich keine Angst habe, deine ... Zuneigung zu verlieren, Theresa, dann liebe ich dich trotzdem ganz. Ich ... ich habe das Gefühl, dass ich schon deshalb nichts anderes lieben kann. Ich kann ... von meiner Liebe nichts *wegnehmen*..."
„Das *kann* nicht sein!", sagte sie fast bestürzt. „So ist die Liebe nicht. Sie ist nicht so ... so isolierend!"
„Bei mir vielleicht schon", antwortete er hilflos. „Und ... ich kann mich nicht auf einen Ast konzentrieren, wenn ... ich bei dir bin, Theresa. Kannst du das nicht verstehen?"
Betroffen schwieg sie. Dann fragte sie fast schüchtern:
„Und wenn du es *gerade* deswegen könntest?"
„Wie meinst du das?"
„Ich weiß es nicht... Vielleicht mir zuliebe... Oder weil ich dir irgendwie helfe..."
„Wie ‚helfe'?"
„Weil ich da bin... Weil ich *auch* so bin, oder so fühle. Gerade weil ich bei dir bin. Mir zuliebe, und weil du bei mir spürst, dass es möglich ist..."
„Ja, dir ist es möglich."
„Nein, *wenn du bei mir bist*, spürst du, dass es möglich ist, für dich möglich ist..."

„Vielleicht schäme ich mich vor dir auch, dass ich es so wenig kann – nämlich gar nicht...“

„Nein!“, sagte sie wieder fest. „Das darfst du nicht. Das ist schlimm. Das ist ... das ist egoistisch.“

Beschämt schwieg er.

„Dann liebst du mich nicht, David. Du darfst dich nicht schämen. Du sollst dich nicht schämen. Wenn du dich *trotzdem* schämst – ist das doch ganz und gar egoistisch? Du sollst mir zuliebe etwas ganz anderes schaffen. Wie kannst du dich dann bei dem Dich-Schämen aufhalten? Es hindert dich an dem, was du schaffen könntest.“

„Ja, wenn man die Scham einfach so abstellen könnte...“

„Nein, nicht einfach so... Aber die Liebe müsste *stärker* sein. Ich bitte dich doch sogar. Ich bitte dich um Verzeihung für allen Druck, den du gefühlt hast. Ich tue nichts – ich bitte dich einfach nur. Warum kannst du es denn dann nicht?“

Er sah ihre Verzweiflung – und auch darüber war er wieder verzweifelt.

„Du *kannst* es!“, sagte sie mit dieser leisen Verzweiflung. „Du willst es nur nicht!“

„Doch, ich will es, Theresa!“, erwiderte er verzweifelt.

„Dann *tu* es doch bitte!“, flehte sie fast. „Und schäm dich doch bitte nicht! Vor wem schämst du dich denn? Vor mir? Vor dir? Vor dem Ast? Hier ist doch sonst niemand! Vor *wem* schämst du dich!?“

Erschüttert verstummte er und senkte den Kopf.

„David...“, sagte sie innig. „Wenn du dich vor dem *Ast* schämst, oder vor *mir*, oder vor *dir* ... wenn du dich schämst, einen Ast für lebendig zu halten, weil er nicht lebendig ist – dann spring auf die andere Seite! Der Ast ist das, was du *denkst*! Wenn du denkst, dass er nicht lebendig ist, ist er es auch nicht. Dann *musst* du dich ja schämen. Aber dann hast du die falsche Einstellung. Die, die alle haben. Sie ist arrogant und einsam. Dann gibt es nur Dinge. Alles ist nur Ding –

177

und alles kann man *benutzen*. Man kann die Dinge ausnutzen, wie es einem gefällt. Aber vielleicht fühlen sich die Dinge mit dieser Einstellung missbraucht? Wenn es wirklich so wäre, dass du die Dinge dadurch nicht erkennst, weil du gar keine Beziehung zu ihnen aufbaust... Wenn du unfähig wärst, eine Beziehung aufzubauen, obwohl sie eine Beziehung zu dir *möchten*, David! Kannst du das nicht denken, nicht empfinden, nicht zulassen? Nicht einmal mir zuliebe? Vor wem schämst du dich? Vor wem hast du Angst? Hast du Angst vor einer *Beziehung*? Vor einer Beziehung zu einem *Ast*? Ja, vielleicht muss man Angst haben. Weil man ihn dann *wirklich* nicht mehr einfach loslassen und wegwerfen kann, denn die Beziehung ist ja schon da! Aber es geht nicht um lebendige Äste, David, es geht um eine Beziehung zu den Dingen. Es geht darum, dass man selbst liebevoll wird. Die Dinge werden erst lebendig, *wenn* man liebevoll wird. Für einen selbst bekommen sie dann Leben. Sie sind nicht mehr gleichgültig. Sie sind dieser Ast, kein anderer. Kannst du diesen Unterschied nicht machen? Ach – ich rede und rede..."
Verzweifelt verstummte sie – und seine Scham war mit einem Schlag wieder unendlich groß.

„Was meinst du mit ‚lebendig', Theresa?", fragte er mit größter Furcht, sie zu enttäuschen.
Verzweifelt sah sie ihn an.
„Liebe, David! Ich meine *einfach nur Liebe*!"
Erschüttert verstummte er von neuem in Scham über seine Unfähigkeit, einen Ast zu lieben...
Sie sah ihn in dieser Verzweiflung einen langen Moment an – dann schleuderte sie den Ast mit einem Laut der Verzweiflung in den Wald, dass er an die ersten Stämme prallte, und wandte sich aufschluchzend ab, ihr Gesicht in ihre Hände bergend...
Er erstarrte vor Schreck und Scham und dem Gefühl allertiefsten Unvermögens wie zu Eis und fühlte sich nicht einmal

mehr würdig, sie tröstend zu berühren oder auch nur ihren Namen zu flüstern...

Und dann sagte sie inmitten ihrer Tränen leidend:

„Ich will allein sein, David..."

Bestürzt wurde ihm ganz heiß, noch heißer als zuvor schon.

„Jetzt?", fragte er nur wie ein Hauch.

„Ja, jetzt."

„Soll ich", stammelte er, „gehen?"

„Ja, bitte geh..."

„Okay...", er brachte es fast nicht über die Lippen, aber er wollte ihr zumindest zeigen, dass er ihrer Bitte folgen würde, so sehr er sich auch vernichtet fühlte, am Boden zerstört.

Sie zu verlassen, war wie der Tod. Er wandte sich fortwährend um, als er sich langsam von ihr entfernte. Aber er *konnte* es nicht. Er konnte nicht fort – alles in ihm rief nach ihr. Und zusätzlich hatte er Angst, sie könnte sich etwas antun. Er hatte Angst um sie. Er wollte sie nicht allein lassen. Und alles in ihm wehrte sich dagegen, sie zu verlieren, sich zu sehr von ihr zu entfernen. So blieb er in etwa dreißig Metern Entfernung am Rande des Weges stehen, um sich zu verbergen. Und er sah, wie sie weinte, sie weinte einfach weiter, und es zerriss ihm das Herz...

Nach einigen Minuten hörte sie auf. Sie blickte sich um, aber sie sah ihn anscheinend nicht. Jedenfalls ging sie nun scheinbar in die andere Richtung. Ja, sie ging ganz langsam den Weg weiter. Unschlüssig folgte er ihr – noch immer mit Sehnsucht, vor allem aber Sorge um sie...

Sie ging immer weiter, sicher eine Viertelstunde lang. Er bekam allmählich das Gefühl, ihr absolut Unrecht zu tun, indem er ihr in dieser Weise hilflos folgte. Gerade als er einen Punkt der absoluten Ratlosigkeit und Scham über sein Verhalten erreichte, sah er, wie sie umkehrte. Er spürte einen hilflosen Impuls, sich zu verstecken, aber spürte sogleich auch den

Verrat, der darin läge, und so tat er nichts, rührte sich einfach nicht, wartete nur, bis sie ihn sehen würde...

Sie sah ihn und kam in dem gleichen Tempo näher, bis sie bei ihm war. Müde, fast tonlos, fragte sie, es im Grunde nur feststellend:

„Du bist mir nachgegangen?"
Mit brennendem Schmerz in seinem Herzen und zugleich mit tiefer Scham sagte er leise:
„Ich hatte Angst um dich..."
„Wieso..."
„Ich wusste nicht ... ob du dir vielleicht etwas antust..."
„Nein, tue ich nicht. Du kannst jetzt gehen, David..."
Sie blieb stehen.
In größtem Schmerz wandte er sich ab, um ihrem Willen zu folgen.
Dann brach der Schmerz über ihm zusammen, in heißen Tränen schluchzte er auf, blickte tränenüberströmt in die Richtung ihrer Augen und brachte stockend und schluchzend heraus:
„Und ich – konnte – nicht weg – von dir – Theresa! Aber – aber wenn du es willst – dann – dann gehe ich jetzt! Ich – ich werde – niemanden – mehr so – lieben wie *dich*!"
Schluchzend wandte er sich ab und setzte tränenüberströmt einen Fuß vor den anderen.

„David!", schluchzte sie auf.
Er drehte sich um – und sie stürzte sich auf ihn, umarmte ihn und schluchzte:
„Verzeih mir bitte! Ich – oh – – bitte verzeih mir! Verzeih mir! David...!"
Sie schluchzte an seinem Hals, und er umarmte sie leise in größter Scheu und wusste nicht, was geschah – und sie schluchzte und bat ihn noch immer um Verzeihung...

„Ja...", stammelte er. „Ja... Bitte, Theresa... Bitte hör doch auf zu weinen..."
Sie beruhigte sich nur sehr langsam. Die ganze Zeit hielt er sie im Arm, dieses schönste Mädchen, das er je gekannt hatte, und er spürte ihren zarten Leib... Und dann löste sie sich schüchtern wieder von ihm – und eines stand vor dem anderen... Noch einmal schluchzte sie nach, dann wandte sie sich in heiliger Verletzlichkeit langsam zum Gehen, mit ihm an ihrer Seite...

Sie schwiegen den ganzen, nicht sehr langen Rückweg. Kurz bevor sie den Wald wieder verließen und die Haltestelle erreichten, hielt sie an, sah ihn in unendlicher Schönheit an und sagte leise:
„David, ich gebe alle Hoffnungen auf... Aber ich gebe nicht die *Hoffnung* auf. Sie bleibt in meinem Herzen. Und ich weiß, dass du es eines Tages schaffen wirst. So lange werde ich warten... Ich warte auf dich... Das verspreche ich dir..."
Er war erschüttert. Und er fragte sich, was das nun für sie ... beide bedeutete.
„Hast du gehört...", fragte sie verletzlich.
„Und...", brachte er hervor, „sind wir bis dahin – –"
„Nein, ich verlasse dich nicht... Ich verlasse dich nicht... Wir sind bis dahin alles, was wir bisher auch waren. Ich ... werde dir grenzenlos vertrauen, David... Ich schenke dir meine ganze Freundschaft, und ich werde warten. Bitte vergiss nicht meine Hoffnung... Das ist meine einzige Bitte..."
Bis ins Allerinnerste gerührt, sagte er mit einem heißen Kloß im Hals:
„Nein – ich werde sie nie vergessen... Nie, Theresa. Ich werde ... alles tun. Ich verspreche es... Ich verspreche es dir. Mit meinem ganzen Herzen...

*

181

Und er folgte seinem Versprechen schon, als er wieder allein zu Hause war. Der ganze Tag hatte ihn bis ins Innerste aufgewühlt. Alles. Jeder einzelne Moment kehrte noch einmal in seinem Inneren wieder. Erschüttert erlebte er alles noch einmal. Am allerstärksten ihre Verzweiflung, als sie den Ast fortwarf, und als sie auf ihn zugestürzt kam, ihn um Verzeihung zu bitten. Was für ein Mädchen war dies! Er konnte die Schönheit ihres inneren Wesens nicht fassen – sie berührte ihn bis jenseits der Grenzen des Fassbaren...

Auch hier wieder konnte er sich von ihr kaum losreißen. Aber um ihrer Bitte zu folgen, musste er es dennoch tun und sich fragen, was ihn hinderte, ihrer anderen Bitte zu folgen, die die gleiche gewesen war, sich nur auf einen konkreten Gegenstand bezogen hatte. Wieso konnte er zu dem Ast nicht die gleiche Beziehung aufbauen wie sie?

Warum hatte sie ihn fortgeschleudert? Hatte sie damit nicht alles Gesagte zunichte gemacht? Nein, es war eine Verzweiflungstat gewesen. Nichts hatte Sinn, wenn *er* es nicht begriff, das bedeutete dies. Sie liebte den Ast nicht mehr als sein Begreifen. Es ging ihr um *ihn*, nicht um den Ast. Um diesen auch, aber was sie verzweifeln ließ, war er – und ihre unsägliche Hoffnung, dass er es schaffen würde. Im Grunde hatte sie ihm mit ihrer Verzweiflungstat gezeigt, wieviel *er* ihr bedeutete!

Und dass sie ihn aber fortgeschickt hatte? Es war wieder reine Verzweiflung. Sie hatte eine *so* tiefe Hoffnung in ihn! Diese Hoffnung musste unbeschreiblich tief sein – und so auch der Schmerz, den er ihr heute zugefügt hatte. Deswegen hatte sie ihn weggeschickt. – Und deswegen war sie, als sie seine Liebe wieder erkannte, auf ihn zugestürzt... Sie liebte ihn auch – auf ihre Art. Sonst hätte sie keine Hoffnung in ihn. Sie liebte ihn als Freund, aber dies ebenfalls mit einer Innigkeit, die ihn erschütterte. In niemanden sonst hatte sie eine solche Hoffnung. Ihren eigenen Vater hatte sie schon ganz aufgegeben – aber ihn, in ihn vertraute sie so unendlich...

Als er so weit gekommen war, fragte er sich erneut, was ihn daran hinderte, gegenüber dem Ast so zu empfinden wie sie... Es *war* Scham, soviel war deutlich. Es war die völlig andere Art zu denken. Sie hatte es sehr genau beschrieben. Und es war ein Rätsel, wieso er es selbst *ihr* zuliebe nicht schaffte. Aber er glaubte einfach nicht an das Leben der Dinge. Aber das würde bedeuten, dass er glaubte, dass *sie* sich etwas vormache. Wenn sie aber davon *sprach*, spürte er, dass es möglich war. Dass sie vielleicht sogar Recht hatte. Wenn sie sprach, dachte er nicht, dass sie sich etwas vormachte. Nur wenn *er* es versuchen sollte, dachte er dies – dass er sich etwas vormachen würde. Aber etwas konnte nicht gleichzeitig wahr und nicht wahr sein. Entweder waren die Dinge tot, oder sie waren lebendig. Entweder warteten sie darauf, erkannt und geachtet zu werden – oder sie taten es nicht. *War ein Ast in dieser Weise lebendig?*

Es waren zwei Anschauungen, die sich nie beweisen konnten. Es kam nur darauf an, in welcher Anschauung man sich bewegte. Sie hatte Recht. Es war wie ein Sprung. Wenn man von der Lebendigkeit der Dinge überzeugt war, weil man die Dinge als solche *behandelte*, dann war dies vollkommen klar. Wenn man von ihrer Lebendigkeit nicht überzeugt war, sondern von ihrer Totheit und sie so behandelte, war es ebenso klar. Die Frage war ganz allein, wofür man sich *entschied*. Aber warum war es so schwer, von einer Auffassung Abschied zu nehmen, mit der man aufgewachsen war? Warum war es so schwer, dass man es nicht einmal schaffte, wenn das über alles geliebte Mädchen einen darum bat? Warum war die Scham, auf ihre Seite zu wechseln, größer als die Liebe zu ihr?

Man kam sich merkwürdig vor, und man fürchtete den Spott der ganzen Welt. Also war dies wichtiger als die Liebe zu dem Mädchen? Nein, es ging darum, dass man es selbst nicht glaubte – noch nicht glauben konnte. Aber das war ja gerade der Punkt. Wie kam man *dahin*, es glauben und tun zu können? Wie kam man dahin, einen Ast als etwas Lebendiges zu behandeln? In ihm einen wirklichen ‚diesen' zu sehen, ein individuelles Wesen?

Bei ihr *sah* er, wie sie die Dinge liebte, wie sie sie *aufhob* und die Dinge sofort etwas *waren*. Ja, er hatte sich sogar gewünscht, der Ast zu sein, als sie über ihn hinwegstrich, ja, streichelte...
Und sie verband mit allem so viel. Die Geschichte mit dem Wanderer... Das ganze Viele, was sie über das eine Poster erzählt hatte. Bei ihr gewannen die Dinge Leben, weil in ihr selbst so unendlich viel Leben war. Jeder Ast wurde ihr lieb, weil sie diese ganze Liebe *in* sich trug. Sie hatte so viel Liebe in sich, dass jeder Ast etwas Lebendiges werden *konnte* – in ihrer Hand...
Ja, sie erkannte den Ast wirklich. Mit ihrer Liebe hüllte sie ihn ein – und er wurde ein eigenes Wesen. Wenn man ihr zusah, kam man wirklich bis an die Grenze dessen, es tatsächlich zu *verstehen*. Die Dinge wurden lebendig, wenn man sie liebte und weil man sie liebte. Aber was war, wenn man diese Liebe zu den Dingen nicht in sich hatte... Das war der entscheidende Punkt. Er hatte diese Liebe nicht – und er wusste nicht, wo er sie hernehmen sollte. Er konnte es nicht ihr zuliebe. Liebe musste *da* sein – oder sie war nicht da. Und doch musste es einen Weg geben...

Am Donnerstag hatten sie sich direkt im Tanzstudio verabredet, weil sie erst nach dem Umsteigen den gleichen Weg gehabt hätten und wahrscheinlich auch, um ihrer beiderseitiger Befangenheit aus dem Weg zu gehen, bis es soweit war...

Völlig entgegen seiner Gewohnheit war er spät dran, aber er hatte noch bis zuletzt überlegt, ob das schlichte, weinrote Poloshirt, das er besaß, aber noch nie anhatte, wirklich zu der schwarzen Hose passte – und ob es überhaupt passte. Aber die einzige Alternative wäre ein weißes Hemd gewesen, das er ebenso aus irgendwelchen Gründen noch im Schrank gehabt hatte. Und so machte er sich schließlich völlig entnervt und mit fiebernden Angstgefühlen, was sie denken würde, auf den Weg. Als der Bus sich verspätete, bekam er sogar Panik, dass er nicht einmal pünktlich kommen würde. Er fühlte, wie ihm der Schweiß ausbrach, und hoffte inständig, dass das Shirt nicht alles sofort sichtbar machen würde...

Mit wenigen Minuten Luft kam er rennend am Tanzstudio an, suchte fieberhaft den Weg, folgte einer Ausschilderung auf einen Hinterhof, eilte dort in einem Aufgang in den zweiten Stock und klingelte an der endlich gefundenen Tür, bis er mit einem weiteren Blitz heißester Scham bemerkte, dass die Tür offen war und man einfach eintreten konnte. Mit bis zum Halse klopfendem Herzen und schweißnass betrat er einen Vorraum und sah von hier aus schon den Eingang zu einem weiteren Raum, in dem er bereits die Silhouette von zwei, drei Erwachsenen wahrnahm. Auch dies versetzte ihm einen weiteren Schock. Er hatte sich überhaupt nie wirklich real vorgestellt, mit welchen *anderen* Teilnehmern sie den Kurs zusammen machen würden...!

Mit großer Befangenheit betrat er durch die halb offenstehende Tür den Raum, der sich sofort zu einem sehr großen Tanzraum öffnete, der mindestens dreimal so groß war, wie er vom Eingang aus gewirkt hatte. Er sah zuerst etwa zwanzig verschiedene Menschen, die alle irgendwie ein wenig befangen sein mochten, sich aber dennoch angeregt, meist in Paaren, miteinander unterhielten, fast alle etwa Mitte, Ende zwanzig oder sogar noch älter, was ihn tief verunsicherte. Dann traf sein suchender Blick sie, die bereits auf ihn zueilte, freudig.

„Hallo, David! Ich dachte schon, du kommst nicht!"

„Es tut mir leid!", stammelte er leise. „Ich – ich war wirklich ein Trottel. Ich habe mir bis zuletzt überlegt, ob es passt. Jetzt bin ich völlig durchgeschwitzt. Es ist mir so unglaublich peinlich..."

Sie lächelte ihn an.

„Das macht nichts. Denk nicht dran... Ich bin ja auch aufgeregt... Die anderen sind alle schon so *alt*!"

„Willst du ... willst du lieber nicht?", fragte er besorgt.

„Doch! Doch, ich will. Komm ... ich glaube, es fängt jetzt an..."

Eine etwa vierzigjährige Frau war in selbstsicherer Weise in die Mitte getreten, begleitet von einem ebenso auftretenden Mann, und begann nun zu sprechen.

„Liebe Kursteilnehmer! Wir freuen uns, dass sie so zahlreich erschienen sind..."

Er hörte mit einem halben Ohr zu, wie die Frau in einer etwas affektierten, selbstsicheren Weise, die er später als typisches Tanzlehrerinnen-Auftreten in Erinnerung behalten sollte, die begrüßenden Worte sprach und eine allgemeine, kurze Einführung in den Kurs gab, die Räumlichkeiten und so weiter. Seine ganze übrige Aufmerksamkeit fühlte sich jedoch immer wieder zu *ihr* hingezogen – zu ihr, die direkt neben ihm stand, in einem Kleid, das nicht von dieser Welt zu sein schien. Es war dunkelblau, fast so wie ihr anderes Kleid, aber dieses lief überall in feine durchsichtige Spitze aus, oben, unten und an den Armen, über die ganzen Arme... Es war einerseits unglaublich schlicht, andererseits sah es so zauberhaft aus, wie er noch nie ein Kleid gesehen hatte. Es nahm ihm den *Atem*. *Sie* nahm ihn ihm... Der erste Tanz, den sie nun lernen mussten, nannte sich ‚Jive'. Er hatte schon das *Wort* noch nie zuvor gehört. Die Lehrerin erklärte, dass sie damit beginnen würden, weil die Schritte so einfach waren. Und dann machte sie es mit ihrem Partner auch schon vor. Seine Aufmerksamkeit wurde von dem Wunder an seiner Seite abgezogen. Aber schon ohne dieses Wunder musste er sich trotz der angeblichen ‚Einfachheit' unglaublich anstrengen, um den Angaben und den sichtbaren Demonstrationen zu folgen. Er hatte das Gefühl, dass sein Körper gar nicht dazu *gemacht* war, jemals zu tanzen. Und er hätte nie gedacht, dass es so schwierig war, zwei, drei einfache Schritte zu den eigenen zu machen. Die Übertragung von dem, was man doch direkt vor Augen sah, zu dem, was die eigenen Füße und Beine machen sollten, dazu noch in einem bestimmten Rhythmus, vielleicht auch einem bestimmten Tempo, war eine Herausforderung, die all seine Konzentration brauchte, um sich nicht von Anfang an zu blamieren.

Erleichtert sah er, dass es *ihr* zumindest Spaß zu machen schien – was er fast nicht erwartet hatte, nicht in dieser Spontanität. Er war davon ausgegangen, dass sie es ihm zuliebe tat, dass sie es ihm zuliebe ‚eben machen' würde, halbwegs sich bemühend, es ihm nicht so sehr zu zeigen, aber was er sah, übertraf all seine Erwartungen – und vernichtete sanft und strahlend schön all seine Befürchtungen... Und mit einem stillen, liebenden Neid sah er, wie *ihr* diese Bewegungen schon ganz am Anfang viel leichter zu fallen schienen. Selbst jede kleine Unsicherheit von ihr verwandelte sich in neue, unbeschreibliche Wunder einer Anmut, der er total verfiel...

Er brauchte wirklich seine gesamte Kraft, mehr Kraft als bei irgendeiner schrecklichen Klausur in der Schule, um angesichts ihrer Anmut, ihrer Schönheit, ihres Kleides, ihres ganzen *Wunders* noch irgendetwas selbst richtig zu machen...

Als es schließlich daran ging, dass man einander die *Hand* gab, erschütterte ihn diese Geste jedes Mal. Er konnte sich nicht daran gewöhnen, dass sie ihm ihre Hand gab. Freiwillig. Natürlich, weil es dazugehörte. Aber das spielte keine Rolle. Er konnte sich an diese Geste nicht gewöhnen. Nicht an ihre Wärme. Ihre Zartheit. Schon ihre Hand war ein Wunder. Und mit Herzklopfen nahm und hielt er sie jedes Mal wie ... das Heiligste auf Erden...

Aber es kam ja noch zu viel mehr. Ihre andere Hand musste sie auf seine Schulter legen. Dies war ein anderes Wunder. War schon ihre Hand in der seinen ein Geschehen von unglaublicher Intimität, so war ihre Hand auf seiner Schulter eine Berührung von solcher *Nähe*, dass er innerlich erschauerte, wann immer er dorthin fühlte...

Und das dritte war das Allerheiligste. Denn auch er sollte sie berühren... Er sollte seinen Arm um sie legen, sie wirklich zart umarmen und dann ihr Schulterblatt berühren... Und das konnte er wirklich nur unter Aufbietung all seiner Kräfte. Es war ein heiliges Eindringen in etwas Heiliges. Es war, wie wenn schon der Umkreis ihres Leibes diese Heiligkeit besaß, wie wenn schon das Näherkommen einen mit jeder Faser und jedem Gefühl spüren ließ: jetzt ... betrittst du ein Heiligtum. Erfülle dich mit Würdigkeit ... bis ins Letzte... Und dann ihn zu spüren, ihren zarten Leib, diese heilige Stelle, die er berühren *durfte*, musste und durfte, das war das unbeschreiblich Heiligste, das er je erlebt hatte. Diese eine, einzige Berührung nahm ihm *wirklich* den Atem. Dieses Spüren ihres Leibes, ihrer verletzlichen Sanftheit, ihrer Wärme, die von ihr in seine Hand überging, überströmte...

Er war unendlich erleichtert, als die Kursleiterin eine kleine Pause von fünf Minuten bekanntgab, wobei er zugleich völlig überrascht realisierte, dass dieser erste Abend bereits halb herum war. Sofort ergab sich wieder eine angeregte Unterhaltung aller Paare, die sich über ihre Erfahrungen mit den ersten erfolgreichen Versuchen der letzten Dreiviertelstunde austauschten. Ein ganzer Teil suchte seinen Weg in den Vorraum, wo es offenbar zu den Toiletten ging und wo er bei seiner Ankunft auch einen Wasserautomaten gesehen hatte. Er war unglaublich froh, dass es bei diesem ersten Tanz nicht zu weiteren Berührungen gekommen war, denn noch immer fühlte er sein Hemd im Rücken. Dankbar war er gegenüber der Schöpfung, dass man an der Schulter nicht schwitzte...

Sie sah ihn verlegen an. Dann fragte sie:
„Wollen wir uns setzen?"
An der einen Wand standen lange Bänke, auf denen man kurze Pausen machen oder wohl auch einem Vortanzen zusehen konnte.
„Ja, gerne."
Befangen setzte er sich neben ihr.
Er hatte trotz allem das große Bedürfnis, sie zu fragen, wie es ihr gefiel; ob es in Ordnung war – auch wenn er es zu sehen schien. Aber er wagte es nicht, ihr diese Frage unmittelbar zu stellen. Stattdessen fragte er, auch davon noch immer überwältigt, in gleichsam atemloser Bewunderung:
„Woher hast du dieses *Kleid*, Theresa?"
„Das...", sagte sie verlegen, „habe ich mir *auch* noch anschaffen müssen..."
„Aber – –"
„Du meinst, ich hätte in dem anderen blauen Kleid –"
„Nein – ich meine, du hättest in *allem* tanzen können. Du hättest in allem wunderschön ausgesehen!
„Aber sie haben doch gesagt, es soll ‚dem Anlass entsprechend' gepflegt sein..."

„Ja, aber *das*", stammelte er, „das ist mehr als ‚gepflegt', das ist ... das ist das Schönste von allen hier...!"

„Nein, das stimmt doch nicht!"

„Doch, Theresa, wirklich... Mit Abstand..."

Sie lächelte scheu und senkte ihren Kopf.

Die Tiefe, mit der dieser Anblick ihn berührte, war grenzenlos. Seine Liebe schien seine ganze Brust sprengen zu wollen.

„Und...", fragte er nun schüchtern, „gefällt es dir...?"

Sie schien dankbar über den Themawechsel.

„Ja..."

„Da bin ich froh..."

„Ja – es tut mir leid, David... Ich meine noch immer ... wegen damals. Als du mich das erste Mal fragtest... Ich werde nie vergessen, was du empfandest, als ich dir so antwortete..."

„Aber Theresa..."

„Doch... Ich glaube, ich habe wirklich noch etwas gutzumachen..."

Er spürte einen heftigen Kloß der Rührung im Hals. Gleichzeitig wollte er nicht, dass sie es nur deshalb tat – dass er sich vorstellen musste, dass sie es nur aus diesem Grund machte.

„Nein, du hast nichts gutzumachen, Theresa. Machst ... du es nur deshalb?"

Zögernd blickte sie ihn einmal kurz an.

„Nein... Nein, das tue ich nicht. Ich mache es, weil du mich gebeten hast. Und weil ich ... dich mag, David. Weil du mein Freund bist. Und ... und es macht mir Spaß..."

Jetzt lächelte sie ihm offen zu – so lieb, so verletzlich, so wunderschön...

„Und dir?", fragte sie, auf einmal leise besorgt.

„Mir?", fragte er, aus einem ganzen Reich von Empfindungen gerissen. „Ja – mir auch! Ich ... ich kann es noch gar nicht glauben ... ehrlich gesagt..."

Wieder lächelte sie verlegen, ihren Blick senkend.

Dann trat ein kleines Schweigen ein, in der er nur ihre Schönheit sah; ihr wunderschönes Kleid, das mit seinem zarten, eingearbeiteten Blumenmuster weich über ihre Knie fiel; ihren Arm, der etwas verlegen in ihrem Schoß lag und der überall zwischen dem wunderschönen Muster ihre heilige Haut hindurchschimmern ließ... Und dann befiel ihn wieder die Angst. Die Angst, dass sie nicht jeden Moment mit ihm *schön* finden würde. Dass sie sich an ihn gewöhnen würde. Dass sie mit jedem dieser Momente, vielleicht schon mit dem *ersten* dieser Momente aufhören würde, gern mit ihm zusammen zu sein. Nicht mehr so wie jetzt... Getrieben von seiner eigenen Befangenheit über das plötzliche Schweigen, fragte er:

„Möchtest du etwas trinken, Theresa? Soll ich dir etwas holen?"

„Nein, danke..."

Noch immer saßen sie verlegen nebeneinander...

„Es tut mir", murmelte er, „leid, dass du vorhin so allein warten musstest..."

Auch dieses Bild hatte sich ihm eingeprägt – wie sie auf ihn zukam, so freudig und zugleich so verloren. Sie musste sich vorher *wirklich* verloren vorgekommen sein.

„Das hast du doch schon gesagt...", erwiderte sie weich. „Es ist nicht so schlimm. Du warst doch pünktlich..."

Seine Angst wurde größer. Er hatte das Gefühl, die Verbindung zu ihr zu verlieren. *Ihre* Verbindung...

„Theresa...?"

„Ja?"

„Ich bin *so* dankbar...!"

Wieder lächelte sie in dieser Weise. Dann sah sie ihn an.

„David...", sagte sie zögernd. Und dann bat sie: „Bitte *sag* das nicht immer..."

Bestürzt fühlte er die Scham in sich aufsteigen – Scham und Angst.

In diesem Moment klatschte die Kursleiterin in die Hände. „Es geht weiter!", rief sie durch den Raum.

Die anderen Paare standen von der Bank auf oder strömten aus dem Vorraum wieder herein.

Sie warf ihm einen hilflosen, bittenden Blick zu – sie bat um sein Verständnis. Dann mussten sie sich auch schon erheben, um zu den anderen zu gehen.

Sie hatten vor der Pause auch noch die ersten Schritte des ,Cha-Cha-Cha' gelernt, nun wurden beide Tänze wieder aufgegriffen.

Aber jetzt hatte er erst recht Angst, dass etwas zwischen ihnen stand und dadurch zerbrach. Seine Gedanken und Gefühle kreisten wie verwirrte Fohlen, die ihrerseits von einem bedrohlichen Raubtier und Feind umkreist wurden, der bei der geringsten Schwäche einbrechen würde, um sein Opfer zu reißen...

Er fing ihren Blick auf, und sie flüsterte seinen Namen:

„David!"

Er sah sie an, inmitten des Übens, was fast nicht machbar war. Er verhaspelte sich und kam nur mit größter Mühe wieder in den Rhythmus. Dann sah er sie wieder an.

„Was *ist* denn?", fragte sie besorgt.

Er konnte nichts sagen und schüttelte nur den Kopf, um sie halbwegs zu beruhigen.

Sie sah ihn aber immer noch mit dem gleichen Blick an.

„Mit *mir* ist alles in Ordnung", flüsterte sie. „Mit dir auch...?"

„Ja...", flüsterte er zurück.

„Hab ich was falsch gemacht?", flüsterte sie wieder.

„Nein..."

Er schämte sich noch mehr.

„Dann –", setzte sie an, beendete den Satz aber nicht.

Die wortlose Bitte in ihren Augen und der hilflos unvollendete Satz berührten ihn jedoch mehr als alle Worte.

Er zwang sich, seine eigenen Empfindungen so weit zu unterdrücken, dass sie nicht mehr offensichtlich zu sehen waren, und er sah ihr dankbares Lächeln, weil sie dachte, dass es ihm nun wieder gut ging... Und durch ihre Erleichterung und ihre Schönheit vergaß er seinen eigenen Schmerz tatsächlich wieder ein wenig. Die Schönheit der *Gegenwart* heilte Vergangenheit und Zukunft...

*

Als sie schließlich im Bus saßen, der für sie die ersten fünf Haltestellen gemeinsam hatte, bevor sie, vor ihm, umsteigen musste, sagte sie:
„Das war schön!"
„Ja..."
Ein paar Augenblicke später fragte sie leise:
„Bist du ... mir noch böse wegen ... der Pause?"
„Wegen was denn, Theresa – ich bin dir doch nicht *böse!*"
„Nein ... aber du weißt doch, was ich meine ... nicht wahr?"
„Es hat doch mit ‚böse' nichts zu tun, Theresa..."
„Nein, ich weiß..."
Es trat ein kleines Schweigen ein.
Wieder fühlte er sich hilflos, unfähig...
„Aber *verstehst* du mich denn?", fragte sie vorsichtig.
„Ja..."
„Ich weiß einfach nicht, was ich machen soll, wenn du so etwas sagst..."
„Ja... Es tut mir leid..."
„Nein, *mir* tut es leid, David!", sagte sie nun innig. „Verstehst du das denn nicht? *Mir* tut es leid, weil du etwas empfindest, was ich nicht erwidern kann... Du bist doch nicht schuld ... *ich* bin ... *ich* kann es nicht..."

Er schwieg, völlig beschämt.

Schließlich nahm er seine ganze Sehnsucht und seinen ganzen Mut zusammen und fragte fast lautlos:

„Und ... und *warum* kannst du nicht ... Theresa?"

Er hörte seine Worte in ihrem hilflosen Schweigen verklingen...

Schließlich hörte er, wie sie einmal tief einatmete.

Dann sagte sie leise:

„Über solche Dinge kann man doch fast nicht reden, David... Verstehst du das denn nicht? Ich *kann* darüber nicht reden! Man will doch niemanden verletzen. Ich will dich nicht verletzen! Und ich will dich auch nicht verlieren, David... Ich wünschte mir so sehr, dass alles so bleibt wie jetzt, verstehst du? Aber ich verstehe natürlich deine Frage. Natürlich verstehe ich sie..."

Sie machte eine kleine Pause. Sie wagte weiterhin nicht, ihn anzusehen, als sie weitersprach.

„Du hast dich in *mich* verliebt, David. Aber es ... ist doch nicht immer umgekehrt... Ich meine – nicht immer umgekehrt genauso. Das wünscht man sich, aber... Und wieso ist das so? Man sagt dann ‚Typ'. ‚Etwas ist nicht mein Typ.' Aber ich will so was nicht sagen, David! Ich will nicht sagen ‚Du bist nicht mein Typ'. Es klingt brutal, verstehst du? Und es ist ... es ist auch gar nicht *wahr*, denn ich *weiß* nicht einmal, was ‚mein Typ' ist... Ich weiß nur, dass ... dass du genau der Typ meines Freundes bist, so, wie du *jetzt* mein Freund bist, verstehst du? Ich ... ich kann dich wirklich nur um Verzeihung bitten, David. Immer wieder... Ich weiß nicht, was ich sonst sagen soll... Verzeihst du mir?"

Mit einer plötzlichen Bewegung hatte sie ihn direkt angeschaut, und in ihren Augen lag eine unendlich hilflose Bitte... Ihr ganzes Wesen war so unglaublich erschütternd.

Mit fast wegbleibender Stimme erwiderte er:

„Ich ... weiß auch nicht, was *ich* sagen soll, Theresa... Ich *habe* dir nichts zu verzeihen... Ich kann dir auch gar nichts verzeihen. Was soll ich dir denn verzeihen? Dass du mich nicht liebst? Seit... seit wann entschuldigt man sich denn dafür? Ich... ich kann es nur hinnehmen, Theresa, verstehst du? Ich... weiß *auch* nicht mehr, was ich sagen soll... Es ist, wie es ist..."

„Ich muss hier raus...", sagte sie untröstlich. „Kannst du noch mit mir raus? Kannst du auf den nächsten Bus warten?" Er wäre der tiefen Bitte ihrer Augen *immer* gefolgt, bis ans Ende der Welt.

Die Tage näherten sich der kürzesten Nacht des Jahres, und so standen sie noch immer in der gerade erst hereinbrechenden Dämmerung.
Verlegen suchte sie einen neuen Anknüpfungspunkt.
„Ich glaube...", sagte sie verletzlich, „wir bitten uns immer wieder beide gegenseitig um Verzeihung, nicht wahr? Aber eigentlich bist *du* es, der mir verzeihen muss. Ich muss dich um Verzeihung bitten, wenn ich deine Liebe nicht erwidern kann. Ich muss dich um Verzeihung bitten, wenn ich ... wenn ich dich ... bitte, manches nicht ... immer zu sagen... Weil ... weil ich mich dann nur *noch* mehr schäme, verstehst du, David...? Du schämst dich dann vielleicht auch – aber zuerst schäme *ich* mich, verstehst du? *Du* brauchst dich gar nicht zu schämen. Ich schäme mich! Ich schäme mich ... dich zu bitten, manches nicht zu sagen. Ist das nicht furchtbar? Und trotzdem tue ich es. Weil ich es nicht aushalte, wenn du es sagst. Ich halte es nicht aus ... wenn du mich so liebst... Aber nicht deine *Liebe* halte ich nicht aus, sondern ... meine Scham. Verstehst du? Nur die halte ich nicht aus..."

Ihm standen die Tränen in den Augen. Tränen der unmittelbarsten Berührtheit über ihr Wesen. Und auch Tränen der verzweifelten Sehnsucht ... *nach* ihrem Wesen.

Heftig einatmend verhinderte er eine noch tiefere Gefühlsregung. Dann fragte er in diesem tief verzweifelten Sturm von Empfindungen stockend:

„Und es – wird nie – anders werden, nicht wahr...?"
Fast entsetzt sah sie ihm in die Augen, selbst absolut hilflos, mit der reinsten Bitte um sein Verzeihen.
Sie konnte nichts erwidern... Und leise nickte er...

Wenige Momente später näherte sich aus der Ferne ihr Bus. Ihre Augen hingen noch immer in tiefer Besorgnis an den seinen. Erschüttert darüber sagte er leise:
„Es ist schon gut, Theresa. Es ist gut... Ich ... ich komm damit klar..."
„David..."
„Nein, mach dir keine Sorgen. Wirklich..."
Ihr Blick, den sie ihm zurückwarf, als sie einstieg, und ihr Blick, der ihn traf, als sie sich gesetzt hatte und als der Bus abfuhr, sie verließen ihn nicht eine Sekunde, als er selbst auf seinen Bus wartete und mit diesem zurück nach Hause fuhr.
Er war für sie nur ein Freund – aber mit welcher Hingabe kümmerte sie sich um ihn, mit welcher Innigkeit litt sie selbst wegen ihm und seines Leides...!

Heilig war *alles* an ihr. Er konnte nur in Empfindungen tiefster Heiligkeit und tiefster Berührung an alles denken, was diesen Tag ausmachte. Es war der allerschönste Tag seines Lebens gewesen... Dieses Mädchen war ein ganz und gar heiliges Wesen, und solche Wesen nannte man ,Engel'. Und das war sie wirklich... Für ihn war sie dies...

Am Dienstagvormittag saß er ihr in der Englischstunde wieder gegenüber. Ihre Erscheinung, die ihm inzwischen so vertraut und so zugetan war, verlor für ihn nie das Wunder. Ihre Anziehung wurde nur immer größer. Wie zart sie lächelte, wie unschuldig auch... Wie aufmerksam sie dem Unterricht folgte, während alle anderen sich irgendwie hinlümmelten – wie er es sicher auch oft tat und getan hatte, nie aber vor ihr. Wie wunderschön all ihre Bewegungen waren. Wenn sie einen Stift aus ihrem Täschchen holte. Einen Hefter aus ihrem Rucksack. Wenn sie sich eine Strähne aus ihrem Gesicht strich... Ihr Blick ragte aus dieser Schönheit nicht einmal einzigartig heraus. Es war nur, wie wenn dann diese *ganze* Schönheit ihn mit voller Wucht traf... Aber sie strömte fortwährend von ihrem ganzen Wesen aus.

Die folgende Geschichtsstunde plätscherte an ihm vorbei. Er träumte in ihre zarte Gestalt hinein... Wieder einmal wurde die Behandlung des Nationalsozialismus fortgeführt. Doch auf einmal fiel ihm auf, was diese Gestalt ausdrückte. Auch hier... Es war ihr ganzes Profil. Ihr sanfter Rücken war gerade gestreckt, aufrecht in seiner zarten Anmut. Und sie folgte dem Unterricht. Sie *folgte* ihm! Nicht so, wie man eben musste, sondern mit einer heiligen *Aufmerksamkeit*. Sie folgte ... mit Interesse. Mit Liebe...! Und auf einmal wurde ihm klar, was dies bedeutete. Auf einmal sah er es wirklich...
Fast von selbst richtete er sich ebenfalls auf, um ihr darin nahe zu sein, näher. Und sein Verständnis tat staunend und leise die nächsten Schritte. Er *verstand* auf einmal auch, dass das Schicksal der Juden sie interessierte. Dass es sie interessierte, wie das möglich gewesen war. Wie dies geschehen konnte. Er verstand, was Interesse war. Er verstand, wie ihr Interesse lebendiger war als alles andere. Er spürte das Leben ihrer Seele... Es war *reinstes* Interesse, reinste Hingabe an das, was *jetzt* gerade geschah...

Es war, wie wenn er aus der Zeit herausgehoben war, so fühlte er sich. Er hörte gleichzeitig den Lehrer und sah sie. Und er sah, wie auch hier eine innigste *Beziehung* da war – zwischen dem, was sie hörte, und dem, was ihr Wesen damit tat. Auch zum *Unterricht* konnte eine Beziehung nur da sein, wenn man sie selbst schuf – und der Unterricht war nicht einmal ein ‚Ding'. Aber sie schuf diese Beziehung mit einer Radikalität und Unbedingtheit, dass es einen zutiefst erschütterte, wenn man es erst einmal *sehen* gelernt hatte... Es war, wie wenn sie mit allem, was sie hatte, dem folgte, was gerade der ‚Unterricht' war. Sie saß nur ganz ruhig da, und doch war es, wie wenn ihr Wesen in der *ganzen* Klasse anwesend war, wie wenn sich die Aufmerksamkeit ihres Herzens als heiliger Strom in die ganze Klasse ergoss und dasjenige durchströmte, was ‚Unterricht' war, wodurch es gerade *mehr* wurde als Unterricht – es wurde ein unbeschreibliches Geschehen. Es wurde *ihr* Zugang zu dem furchtbaren Verbrechen an einem ganzen Volk. Es wurde *ihr* Zugang zu den Juden. Es wurde ihr Zugang zu allem. Alles, was diesen Unterricht ausmachte, nahm sie in ihr Wesen auf – und der ganze heilige, lichtglänzende Strom ihrer Hingabe kehrte in geheimnisvoller Verwandlung zu ihr zurück! Indem all dies in voller Bedingungslosigkeit von ihr ausströmte, strömte gerade alles zu ihr hin! Indem sie ihr ganzes Wesen in diese Beziehung hineinschenkte, die gerade dadurch nur *entstand*, schenkte sich auch ihr *alles*...

Staunend begriff er ein eigentlich unaussprechliches Mysterium...

*

Und dann sah er nur zwei Tage später ein trauriges Gegenbild. Derselbe Lehrer zog eine Art Resümee, und er stellte Fragen. Er sah, wie sie damit todunglücklich war, und er begann, zu verstehen, warum. Die Fragen fragten ab, sie testeten, sie absolvierten den Stoff. Es war nichts mehr übrig von der Lebendigkeit, die das Thema vor zwei Tagen gehabt hatte, in der Darstellung des Lehrers und dann noch einmal unendlich gesteigert in *ihrer* Seele...

Und dann überlagerte sich dieser Eindruck mit einem anderen, der ihn auch tief berührt hatte. Es war an jenem Tag vor gut zwei Wochen, als er nach der Schule verzweifelt aus ihrem Zimmer geflohen war. An diesem Tag hatte Thea vor dem Unterricht Lars auf ihre Art zum Schweigen gebracht. Und in der Pause hatte sie ihm dann ihr Leid geklagt, dass sie in der Schule alles Mögliche lernen würden, aber über das Allerwichtigste würde nicht einmal gesprochen... Er spürte noch jetzt ihren traurigen Blick, mit dem sie ihn danach angesehen hatte – wie wenn sie auf etwas gewartet hätte, eine Antwort von ihm, mehr als nur eine Antwort...

Und dann sah er ihre geliebte Gestalt, traurig dasitzend, und nun spürte er aber weniger ihre Traurigkeit als seine ganze Liebe zu ihr. Sie trug kein wunderschönes Kleid, weder ein Wunder aus tiefblauer Spitze noch ein Wunder aus seidigglattem Stoff, sie trug einfach nur eine ihrer hellen Jeanshosen und ein T-Shirt, und in dieser Schlichtheit erschütterte sie ihn wieder in ganz *anderer* Art. Sie sah so unendlich verletzlich aus, so, wie sie jetzt dasaß... Und gleichzeitig fühlte er eine solche Sehnsucht, dass es ihm fast den Atem raubte.

Die Vorstellung, dass sie ihn nie lieben würde, war in diesem Moment für ihn unerträglich, war wie ein Sterben, ein reales Sterben. Er konnte es nicht ertragen – alles in ihm schrie, nach ihr, nach ihrem Wesen, seine Sehnsucht sprengte alle Grenzen, nun ergoss *sie* sich in alles um ihn herum, verzweifelt...

Und dann verbanden sich diese Eindrücke miteinander... Und in einer heißen Liebe zu ihr und mit einer heißen Verzweiflung und einer inmitten aller Angst und Scham aufsteigenden verzweifelten Sicherheit, die wie an einem Abgrund entlangkletterte, meldete er sich...

„Ja, David?"
In einem letzten Impuls fühlte er sich selbst auch noch aufstehen, wie eingehüllt in einen Schutz, der ihm dies entgegen aller Scham möglich machte, und noch während er darüber staunte, richtete er seinen Blick nach vorn, auf den Lehrer, und sagte:
„Warum wird dies alles am Ende einfach nur abgefragt? Warum... warum gibt es nicht *andere* Möglichkeiten? Warum wird dadurch alles wieder kaputtgemacht? Alles, was vorher da war ... für *jemanden*... Warum ist das so? Warum lernen wir so? Warum wird alles Lebendige zerstört? Und warum auch in der wirklichen Welt?
Warum lernen wir nicht, was *heute* passiert? Warum erfahren wir nichts oder viel zu wenig über die Regenwälder? Über die Naturzerstörung überhaupt? Über die Massentierhaltung? Über die heutigen Kriege. Und wie man sie *verhindern* könnte. Warum erfahren wir nichts über den Zusammenhang, den dies alles mit *uns* hat? Mit uns jetzt und hier? Mit der Art, wie *wir* miteinander umgehen? Warum wird das Wichtigste in der Schule nicht gelernt? Warum lernen wir nicht, so miteinander umzugehen, wie *Einzelne*, ganz Einzelne mit *allem* umgehen können? Warum lernen wir nicht, wie Rücksicht geht? Wie Interesse geht? Wie Liebe geht?" – verschiedenste Schüler kicherten. Aber unbeirrt fuhr er fort: „Warum lernen wir nicht, wie es möglich ist, *einen Ast zu lieben?*"
Die halbe Klasse brüllte vor Lachen. Er aber blieb stehen und sagte:
„Warum lernen wir nicht, was *alles* verändern könnte, weil es die ganze Welt verändern würde?"

Er blieb auch jetzt, wo er nicht mehr sprach und die Tatsache des reinen Stehens auf ihn einstürmte, mit aller Kraft, die er hatte, weiter stehen, er blickte ganz kurz zu ihr, die sich mit allergrößter Berührung völlig zu ihm umgedreht hatte, und mit großen Augen zu ihm sah. Es war alles ein wirbelndes Geschehen. Und der Lehrer sagte jetzt, etwas überfordert, zugleich aber auch in einer sehr sachlichen Art: „Das sind etwas viele Fragen auf einmal. Ich glaube, sie sprengen etwas den Rahmen. Das meiste wäre sicherlich sehr sinnvoll, aber – Sie müssen verstehen – nicht in der *Schule* leistbar. Dafür gibt es das Studium – oder die private Initiative. Für die natürlich jeder dankbar ist. Also die Anregung geht ganz sicher in die richtige Richtung. Darf ich ... darf ich Sie trotzdem bitten, sich wieder zu setzen? Sie können ja zum Beispiel einen Aufsatz für die Schulzeitung schreiben. Oder eine Anregung an das Kultusministerium...“

Er setzte sich wieder, geschlagen. Erschlagen. Beschämt sah er noch einmal zu ihr ... und blickte doch nur noch immer in dieselben großen, fassungslosen, unendlich staunenden Augen, und sie konnten sich von ihm kaum abwenden, als der Unterricht seinen Fortgang nahm...

*

In der kleinen Pause kam sie zu ihm, während Lars sich zu Tode amüsierte:
„Einen *Ast* zu lieben, ja? Meintest du vielleicht einen *Dildo*?“
Als sie seinen Tisch erreicht hatte, rief Lars theatralisch und wild gestikulierend:
„Hilfe! Hilfe! Bitte nicht wieder schlagen!“
Sie aber würdigte Lars nur eines kurzen, verachtungsvollen Blickes und sah dann ihn an, den Trubel bedauernd, und sagte weich:
„Wir reden *nach* der Schule, ja, David?“

„Ja..."

Sie hatte sich mit all ihrer Zartheit gerade wieder abgewandt, da flötete Lars in den Raum:

„‚Wir reden nach der Schule, ja, David?'"

„Willst du", fragte Thea von hinten, „heute von *mir* eine gescheuert kriegen?"

„Ach, halt die Klappe!", gab Lars mürrisch zurück.

„Toll gemacht, David", sagte Thea. „Echt super!"

„Ja, Mensch, echt cool!", sagte auch Martin, der zu ihm kam. „Absolut stark. Nur das mit dem Ast habe ich auch nicht verstanden."

„Das war wahrscheinlich ein Insider", kommentierte Lars.

„Der Rest würde schon reichen", antwortete er Martin.

„Aber was bedeutete das mit dem Ast?", fragte nun auch Merit.

Eine kleine Traube hatte sich um seinen Tisch versammelt. Es war ihm unangenehm. Er hatte nicht gewollt, dass jemand nachfragte – es war alles nur für sie bestimmt gewesen... Als sie die Frage hörte, drehte auch sie sich wieder um.

„Es bedeutet...", stammelte er, „es bedeutet ... wie man mit den Dingen umgeht... Ob mit Liebe oder ohne. Das ist ... der Anfang..."

„Und *später*", lästerte Lars weiter, „kann man dann eine richtige Liebesbeziehung mit dem Ast aufbauen. Das steht alles in dem Handbuch ‚Wie ich lernte, einen Ast zu lieben'!"

„*Du* kannst", sagte nun Theresa, „zu *niemandem* eine Beziehung aufbauen. Du zerstörst lieber. So wirst du keine Freundin finden. Oder nur eine, die genauso ist."

„*Seid* ihr jetzt schon zusammen? Dann kann David dir nachher die Sache mit dem Ast, sprich Dildo, zeigen..."

„Lars", sagte Martin, „du bist doch einfach nur peinlich. Lass es doch einfach."

„Ey, Alter – sie hat mich geschlagen!"

„Ich habe dich nur geschlagen, weil du schon *vorher* immer alles kaputtgemacht hast! Und nicht nur das – weil du Leute *absichtlich* verletzt, wenn sie verletzlich sind. Dabei müsste man sie gerade dann *schützen!*"

„Ich verletze nicht absichtlich Leute!"

„Mit David hast du es aber gemacht."

„Ich habe ihn nur ein bisschen aufgezogen, weil ihr schon vorher immer ein Drama draus gemacht habt."

„Wir haben *gar* nichts gemacht. Du hast immer alles gemacht. Warum lässt du uns nicht in Ruhe?"

„Hei-di-dei... Kann man nicht ein bisschen rumlästern, wenn die zwei Außenseiter der Klasse sich endlich gefunden haben?"

„Es geht dich überhaupt nichts an!", sagte Theresa.

„Und du hast mich nicht zu schlagen!"

„Würdest du aufhören, wenn ich mich entschuldige?"

Drei Sekunden lang wurde es ganz still rund um ihn.

„Aber dann auf Knien!"

Theresa stand auf.

Nun stand auch er auf.

„Nein, Theresa, nicht!"

Sie sah ihn ruhig an, mit einer tiefen Sanftheit in den Augen.

„Das ist für mich das Einfachste, was es gibt..."

Die kleine Traube machte ihr Platz, damit sie bis vor den Tisch von Lars treten konnte. Hier kniete sie hin, in einer so anmutigen Bewegung, dass alles von alleine völlig still wurde, und ohne jeden theatralischen oder spöttischen oder oberflächlichen Gestus sagte sie ganz und gar aufrichtig:

„Es tut mir leid, dass ich dich geschlagen habe, Lars..."

„,Und ich will es nie wieder machen'", diktierte Lars ihr weitere Worte.

„Davon war nicht die Rede!", rief Thea, die ebenfalls stehend von hinten das Ganze mitverfolgte.

„Und", sagte Theresa in ihrer ganzen knienden Anmut, „ich will es nie wieder machen... Ich will es *wirklich* nie wieder machen, Lars..."

Lars war erschlagen.

„Okay", murmelte er, „alles klar, steh wieder auf..." Sie erhob sich mit der gleichen Anmut, mit der sie niedergekniet war, sah Lars sogar noch einmal aufrichtig an und ging dann, mit einem ebenso aufrichtigen Blick zu ihm, wieder zu ihrem Platz.

„Heilige Scheiße...", hörte er selbst Bernds tief beeindruckte Stimme von vorne.

Die Traube zerstreute sich, und kurz danach begann die letzte Stunde.

*

Nach der Schule gingen sie zunächst schweigend den Flur und das Treppenhaus hinunter. Auf dem Schulhof sagte Theresa dann:

„David, möchtest du zu mir kommen? Bis zum Tanzen?"

„Aber ich habe meine Sachen nicht dabei."

„Dann ... kannst du sie nicht holen?"

„Doch, kann ich."

„Ja? Würdest du das tun? Möchtest du?"

„Ja, sehr gerne. Und dann komme ich zu dir?"

„Ja – du weißt ja, wo du aussteigen musst und so, nicht wahr?"

„Ja."

„Gut. Dann ... bis gleich."

„Ja, bis gleich. Ich beeil' mich..."

Er fuhr nach Hause und zog sich schnell um. Es war ihm etwas unangenehm, bereits in Tanzkleidung zu ihr zu fahren, aber es gab keine andere Möglichkeit. Bei ihr umziehen wollte er sich auch nicht...

Als er bei ihr ankam, öffnete seine Mutter.

„Oh, hallo, David."

„Guten Tag."

Während er seine Mutter begrüßte, kam Theresa schon aus ihrem Zimmer und nahm ihn lächelnd in Empfang. Als sie die Tür geschlossen hatte, fühlte er sich wieder in ihrem Reich. Sie war wirklich von einem anderen Stern, wie zufällig in dieser Familie, bei diesen Eltern gelandet. Nie würde er von sich aus den Weg hierher suchen – aber ihr Zimmer war eine andere Welt. Es war wie herausgesondert aus allem...

Sie stand vor ihm.

„Jetzt ist endlich Ruhe!", sagte sie mit einem sehr verlegenen Lächeln.

„Ja...", erwiderte er ebenfalls verlegen.

Aber nun wurden ihre Augen von neuem groß, und in ganz verändertem Ton, aufgeregt, sagte sie:

„David – was *war* das heute? Ich ... ich wollte mich noch einmal bedanken... Was heißt ‚noch einmal', ich ... ich kann es gar nicht glauben, das ... das war ... ich kann es nicht beschreiben!"

Sie sah ihn in dieser Intensität an und wartete auf eine Antwort. Er erwiderte ihren Blick, diese unerträgliche Schönheit, und er brachte hervor:

„Ich liebe dich einfach, Theresa..."

Sie verstummte und senkte ihren Blick.

„Also hast du es für mich gemacht...", sagte sie leise.

Er stand vor ihr und blickte kurz unsicher auf ihr Poster, dann wieder auf sie. Sie hob ihre Augen wieder.

„*Danke*, David", sagte sie noch immer leise. „Ich weiß gar nicht, ob ‚danke' das richtige Wort ist. Sicher nicht... Ich weiß nicht, was ich sagen soll..."

Er schwieg in tiefer, verzweifelter Sehnsucht.

Berührt hob sie wieder ihre Augen und sagte leise: „Am allermeisten berührt hat mich das ‚für jemanden'..."

Wieder schwieg er hilflos.

„Bitte sag doch etwas, David..."

„Was soll ich denn sagen", erwiderte er verzweifelt.

„Was können wir denn jetzt machen?", fragte sie unsicher.

„Ich weiß es nicht..."

„Hätte ich ... dir zu Hilfe kommen sollen?"

„Wann denn?"

„Als du da standest..."

„Nein..."

Befangen schweifte ihr Blick etwas ab.

„Möchtest du etwas *trinken*?"

„Nein ... danke."

„Möchtest du ... dich setzen?"

„Ja, wenn du willst."

„Ja, komm doch bitte..."

Sie setzten sich auf ihren Bettrand, wie das letzte Mal.

„Ich hab...", begann sie sehr unsicher, „darf ich dir etwas erzählen?"

„Ja, was denn?"

„Ich hab gestern erfahren wie ... Bären in China und anderen Ländern gequält werden..."

Er litt so sehr daran, dass sie jetzt wieder von etwas anderem sprach. Er litt an seiner unstillbaren Sehnsucht, die sie nicht erwiderte...

„Es geht um kleine Bären. Sonnenbären. Sie werden nur etwas über einen Meter lang und sind ganz schwarz, aber mit gelbem Gesicht und gelbem Fleck auf der Brust. Und diese Tiere, du kannst es dir nicht vorstellen, David, sie werden gefangen, um ... ihnen die Gallenflüssigkeit abzuzapfen. Sie gilt in dieser furchtbaren chinesischen Medizin als Heilmittel und ... Potenzmittel. Deshalb werden die Bären eingesperrt, und sie bekommen Schläuche, die mitten in den Bauch gehen, und sie werden jeden Tag *gemolken*! Dann haben sie solche Schmerzen, dass sie vor Verzweiflung ihre Köpfe gegen das Gitter schlagen!"

Ihre ganze eigene Verzweiflung lag in ihrer Stimme, ihren Augen – und wenn er sie *so* sah, musste er alles andere vergessen...

„In dem Bericht", sagte sie nun sehr traurig und leise, „erzählte ein Tierschützer von zwei Bären, die er fand... Ein kleiner Bär leckte ihm beim ersten Mal aus dem Käfig noch die Hand... Beim nächsten Mal, als er ihn sah, rannte er die ganze Zeit jaulend in seinem Käfig hin und her, ganz verrückt geworden. Und beim nächsten Mal ... war er tot! David – er hat beim ersten Mal noch die Hand geleckt... Wie können Menschen so etwas *machen*! Quälen... Wie können sie ein Tier so quälen...?"

Hilflos begegnete er ihrem flehenden Blick.

„Und das andere", fuhr sie wieder sehr leise fort, „war eine Bärin... Sie hatte bereits seit zehn Tagen die Nahrung verweigert, und der Mann fand sie schwach auf dem Käfigboden liegend. Und – –"

Ihre Stimme versagte. Aber sie zwang sich weiterzusprechen.

„Und der Mann – streichelte ihre Tatze, und sie – – streckte ihre Pfote – aus dem Käfig, um – – um auch *seine* Hand zu berühren, und – –"

Hilflos stieß sie ihren Atem aus. Dann schluchzte sie auf und verbarg ihr Gesicht...

Er war zutiefst beschämt über seine eigene Gefühlsarmut. Und er strich ihr scheu zärtlich über den Rücken. Er zitterte von ihrem Weinen. „Und der Mann sagte", stieß sie zwischen ihren Händen hervor, „„sie hätte uns hassen müssen, aber das Einzige, was sie wollte, war ein bisschen Zuneigung' – David! – –"
Völlig hilflos schluchzte sie auf und überließ sich nun ihren heißen Tränen... Er streichelte scheu weiter ihren Rücken, und es zerriss ihm das Herz, nicht mehr tun zu können. Wie gern hätte er sie in seinen Schoß genommen... Und er schämte sich weiter seiner Empfindungsarmut und auch der Tatsache, dass er sie inmitten ihrer Tränen zugleich so unendlich schön fand...

Als er schließlich spürte, dass sie langsam wieder zu sich kam, hörte er sofort auf, sie zu streicheln. Und als sie sich wieder erhob, blickte sie ihn verletzlich, verlegen und dankbar zugleich an.
„Entschuldigung", bat sie noch immer gequält, „ich muss mir mal die Nase putzen..."
Sie streckte sich sanft und verletzlich und holte sich ein Taschentuch vom Kopfende ihres Bettes.
Dann sagte sie mit tiefem Leid:
„Es wird immer mehr David... Es hört nie auf... Es hört nie auf... Und ich weiß wahrscheinlich nicht einmal ein Tausendstel... Nicht einmal ein Tausendstel..."
Sie sprach fast zu sich selbst, fast flüsterte sie. In ihren Worten lag eine tiefe Verzweiflung, fast Hoffnungslosigkeit. Er fühlte seine ganze Ohnmacht, ihr zu helfen.

„Und dabei haben wir heute unseren zweiten Tanzabend..."
„Wir können ihn auch ausfallen lassen", sagte er zögernd.
„Nein", erwiderte sie gequält.
„Es passt nicht, nicht wahr?"
„Nein..."

„Wir lassen ihn ausfallen, Theresa."

„Das können wir doch nicht!"

„Doch. Man kann ja auch krank sein."

„Aber das will ich nicht."

Er verstummte ratlos.

„Und du hast dich auch extra umgezogen..."

„Das macht nichts."

„Natürlich gehen wir..."

„Bitte nicht wegen mir, Theresa."

„Ich möchte es aber!", sagte sie leidvoll und sah ihn an.

Er schwieg betroffen. „Ich tue eigentlich *nichts* für dich! Und du... Wenigstens das möchte ich für dich tun, David..."

Er senkte den Kopf.

Eine Weile saßen sie so beieinander. Er fühlte sich schlecht, dass er so schwieg, dass er so undankbar war. Sie schenkte ihm so viel, sie war so wunderschön – und er konnte ihr nicht einmal antworten!

„Aber...", sagte sie unvermittelt sehr leise, „das ist nicht genug, nicht wahr..."

„Doch, Theresa...", sagte er gequält von seiner Scham *und* von seiner Sehnsucht. Er schämte sich zutiefst, dass er nicht dankbarer war – und zugleich hatte er eben eine halbe Lüge ausgesprochen.

„Es tut mir leid, Dav–"

„Nein!", unterbrach er sie voller Scham, und sie sah ihn mit großen, erschrockenen Augen an. „Nein...", flüsterte er noch einmal. „Bitte sag es nicht..."

„Und warum nicht...", flüsterte sie.

Das Flüstern brachte auf einmal eine intime und zugleich heilige Atmosphäre in den ganzen Raum.

„Ich schäme mich..."

„Weswegen..."

„Weil ich so egoistisch bin..."
„Weswegen..."
„Weil ich dich so liebe..."
„Und warum ist das egoistisch?"
Ihr Flüstern wurde doch wieder zu einer leisen, gedämpften Stimme.
„Weil du mir schon so unendlich viel schenkst..."
„Aber du – – und weil es dir nicht reicht?"
„Doch, es reicht mir, Theresa..."
„Aber nicht wirklich, nicht wahr..."
„Doch..."
„Du bist so lieb, David..."
„Du bist noch viel lieber als ich..."
„Nein, du. Du hast so viel Liebe und trägst so viel Leid. Ich ... ich quäle *dich* eigentlich auch..."
„Nein, Theresa..."
Sie schwieg leidvoll.
Dann wiederholte sie leise ihre leidvolle Erkenntnis.
„Ich quäle dich eigentlich auch..."
„Nein..."

Sie atmete einmal tief durch. Dann fuhr sie in derselben leisen, intimen Lautstärke fort:
„Ich habe mir das nicht wirklich klargemacht..."
Er schwieg fragend.
„Dass es für dich eine fortwährende Qual sein muss..."
„Das ist es nicht, Theresa..."
„Ich weiß jetzt, warum du das sagst..."
„Warum?"
Sie schwieg einen kurzen Moment. Dann sagte sie betroffen:
„Am Anfang ... hast du alles gesagt, um mich nicht zu verlieren. Du hattest immer Angst... Und jetzt ... sagst du dies, weil du mich ... so sehr liebst ... dass du noch immer lieber *dich* quälst, als zu glauben, dass ich es tue... Weil ... du glaubst, nichts davon zu verdienen... Ist es nicht so?"

210

„Ja..."
Sie legte weich ihre Hand auf die seine, die er unwillkürlich
wegziehen wollte, es aber nicht wagte, weil es *ihre* Geste
war...
„Was –", stammelte er.
„Du quälst dich", sagte sie voller Mitleid und betroffen, „weil
ich dich quäle, David. Du denkst, du verdienst nichts – aber
es ist *meine* Schuld, dass ich dir nicht gebe, was du verdienst..."
„Nein, Theresa..."
Befangen zog er seine Hand unter der ihren hervor...

„David?"
„Ja?"
„Kannst du mir bitte eine Frage beantworten?"
„Ja...", erwiderte er zögernd. „Welche denn...?"
„Wenn ich ... wenn ich einen Freund hätte... Wenn ich einen
Freund finden würde ... was wäre dann?"
Sein Herz schlug bis zum Halse. Er fühlte sich in eine Enge
getrieben, er fühlte die Verzweiflung ansteigen...
„Nichts... Dann ... dann wäre nichts, Theresa... Was ... was
soll dann sein?"
„Bitte, David... Bitte sei ganz ehrlich... Jetzt... Der *Jemand*
soll jetzt bitte ganz ehrlich sein..."
Als er in ihre aufrichtigen Augen blickte, in denen die gleiche
Bitte stand, und als er ihr ganzes, wunderschönes Gesicht an-
sah, diese Augen, dieses Gesicht, diesen zarten Leib, all dies,
in das er sich unsterblich verliebt hatte, da brach es aus ihm
heraus:
„Ich weiß nicht, Theresa, ich – ich würde es, glaube ich, nicht
aushalten... Ich würde es nicht ... nicht aushalten... Es ist ... es
ist schon jetzt so schwer, und – und du bist so *wunderschön*,
dass ich – dass ich nicht weiß, wie lange ich – wie lange ich
das noch aushalten kann..."

Er fühlte, dass seine Augen feucht geworden waren, und er atmete einmal tief aus, um sich wieder zu beruhigen. Er hatte seinen Blick gesenkt und wagte es nicht mehr, ihr in die Augen zu sehen...

„David?"

„Ja?"

„Bitte schau mich an, David..."

Er hob beschämt seinen Blick. Ihre Schönheit blendete ihn. Seine Sehnsucht trat über die Ufer...

„David?", wiederholte sie unendlich weich.

„Ja...?"

„Bitte küss mich..."

„Was –"

Sein Herz schien einen Moment auszusetzen. Dann klopfte es wie wild, voller Angst...

„Bitte küss mich..."

„Aber –"

„Bitte küss mich, David... Jetzt... Bitte küss mich..."

Er konnte ihre aufrichtige Bitte nicht mehr verweigern. Sie stand auch in ihren Augen. Sein Herz schien im ganzen Zimmer zu sein, wild klopfend. Und er näherte sich ihr in heiliger Angst – und in Angst vor dem Heiligen...

Und dann küsste er sie ... und ihre heiligen Lippen erwiderten es vorsichtig, unsicher. Auch er wurde unsicher und wollte wieder aufhören, aber sie bat: ‚Weiter... Bitte...'

Und sie küssten sich ... und ihre Lippen wurden immer weicher, immer zarter...

„Bitte", flüsterte sie, „streichle mich..."

Und er streichelte scheu ihren Rücken. Als er dabei ihre Lippen verlor, suchte sie die seinen neu...

„Nicht nur...", flüsterte sie zwischen zwei Küssen, „den Rücken..."

212

Seine Sehnsucht wurde zu einem Hochwasser... Zärtlich streichelte er ihr Gesicht, wagte sich in ihr seidiges Haar, und Schauer durchzogen seinen Körper...
Auch ihre Küsse wurden vorsichtig inniger.
Dann legte sie sich hin und zog ihn sanft mit sich...
„Überall...", flüsterte sie. „Bitte streichle mich überall..."
Und in innigsten Strömen seligster Gefühle streichelte er ihren zarten Hals, ihre Arme... Und dennoch wusste er nicht, wie er jemals mehr wagen sollte.
Aber inmitten der heiligen Vereinigung ihrer Küsse führte sie selbst seine Hand zärtlich bis an den Rand ihrer Brust... Und in heiligsten Schauern entdeckte er in unendlicher Zärtlichkeit dieses so unbeschreiblich sanfte Wunder über ihrem Herzen... Und ihr Atem ging schneller. Und ihre Küsse wurden *noch* inniger...

Und inmitten ihres zärtlichen Atems löste sie sich für winzige Momente von seinen Lippen, um sie sofort wieder zu suchen, und es formte sich ihre einzigartige Liebeserklärung:
„Ich − werde dich − nie wieder − quälen, David..."